Las CRÓNICAS *de* NARNIA®

C. S. LEWIS

El león, la bruja y el armario

EX LIBRIS

Angélica López

Las CRÓNICAS de NARNIA®

C. S. LEWIS

El león, la bruja y el armario

Traducción de Gemma Gallart
Ilustraciones de Pauline Baynes

Angélica López González 3/II/06.

DESTINO INFANTIL & JUVENIL
destinojoven@edestino.es
www.destinojoven.com
Destino Infantil & Juvenil es un sello de Editorial Planeta, S. A.

Título original: *The lion, the witch and the wardrobe*

© del texto: CS Lewis Pte Ltd 1950
Ilustraciones de interior de Pauline Baynes, © CS Lewis Pte Ltd 1950
Ilustración de cubierta de Cliff Nielsen, © CS Lewis Pte Ltd 2002
© de la traducción: Gemma Gallart, 2005
© Editorial Planeta, S. A., 2005
Avda. Diagonal, 662-664. 08034 Barcelona
Primera edición: marzo de 2005
Segunda impresión: abril de 2005
Tercera impresión: junio de 2005
Cuarta impresión: julio de 2005
Quinta impresión: septiembre de 2005
Sexta impresión: octubre de 2005
Séptima impresión: noviembre de 2005
Octava impresión: noviembre de 2005
Novena impresión: diciembre de 2005
Décima impresión: diciembre de 2005
ISBN: 84-08-05703-0
Depósito legal: B. 1.411-2006
Impreso por Cayfosa Quebecor
Impreso en Epaña - Printed in Spain

Para Lucy Barfield

Mɪ ǫᴜᴇʀɪᴅᴀ Lᴜᴄʏ:

Escribí esta historia para ti, pero cuando la empecé no había caído en la cuenta de que las muchachas crecen más rápidamente que los libros. Por lo tanto, ya eres mayor para los cuentos de hadas y, para cuando el relato esté impreso y encuadernado, serás aún mayor. Sin embargo, algún día serás lo bastante mayor para volver a leer cuentos de hadas, y entonces podrás sacarlo de la estantería superior, quitarle el polvo y decirme qué opinas de él. Probablemente, yo estaré tan sordo que no te oiré, y seré tan viejo que no comprenderé nada de lo que digas... A pesar de todo seguiré siendo...

tu afectuoso padrino,

C. S. Lᴇᴡɪs

ÍNDICE

1. Lucy se mete en el armario 9

2. Lo que encontró Lucy 19

3. Edmund y el armario 33

4. Delicias turcas 45

5. De vuelta a este lado de la puerta 57

6. En el interior del bosque 69

7. Un día con los castores 81

8. Lo que sucedió después de cenar 97

9. En casa de la bruja 111

10. El hechizo empieza a romperse 125

11. Aslan está cada vez más cerca 137

12. La primera batalla de Peter 151

13. Magia Insondable de los albores del tiempo 165

14. El triunfo de la bruja 179

15. Magia Más Insondable de antes de los albores del tiempo 193

16. Lo que sucedió con las estatuas 207

17. La cacería del Ciervo Blanco 221

CAPÍTULO 1

Lucy se mete en el armario

Había una vez cuatro niños que se llamaban Peter, Susan, Edmund y Lucy, y esta historia cuenta algo que les sucedió cuando los enviaron lejos de Londres durante la guerra debido a los ataques aéreos. Los llevaron a la casa de un anciano profesor que vivía en el centro del país, a más de quince kilómetros de la estación de ferrocarril más cercana y a tres kilómetros de la oficina de correos más próxima. No tenía esposa y vivía en una casa muy grande con un ama de llaves llamada señora Macready y tres sirvientas. (Se llamaban Ivy, Margaret y Betty, pero no son muy relevantes para el relato.) El profesor era un hombre muy viejo con una desgreñada mata de pelo blanco que le tapaba gran parte del rostro, además de la cabeza, y a los niños les cayó bien casi de inmediato; aunque la tarde en que llegaron, cuando salió a recibirlos a la puerta principal, su aspecto les resultó tan raro que Lucy, que era la más joven, le tuvo un poco de miedo, y Edmund, que era el siguiente más joven, sintió ganas de echarse a reír y tuvo que fingir todo el tiempo que se sonaba la nariz para disimular.

Aquella primera noche, en cuanto dieron las buenas noches al profesor y subieron a acostarse, los chicos fueron a la habitación de las chicas y discutieron la situación.

—Nos ha tocado la lotería, no cabe duda —dijo Peter—. ¡Esto es genial! Ese anciano nos dejará hacer todo lo que queramos —dijo Peter a Susan, Edmund y Lucy.

—Yo pienso que es un anciano encantador —comentó Susan.

—¡Vamos, anda! —exclamó Edmund, que estaba cansado aunque fingía no estarlo, algo que siempre lo ponía de malhumor—. No empieces a hablar así.

—¿Cómo? —inquirió ella—. Y además, ¡tendrías que estar ya en la cama!

—Intentas hablar como mamá —replicó Edmund—. Y ¿quién eres tú para decir cuándo tengo que irme a la cama? ¿Por qué no vas a dormir tú?

—¿No sería mejor que nos fuéramos todos a dormir? Seguro que se armará un buen alboroto si nos oyen hablando aquí.

—No, ¡nada de eso! —afirmó Peter—. Os digo que ésta es la clase de casa donde a nadie le va a importar lo que hagamos. De todos modos, no nos oirán. Es necesario andar al menos diez minutos para ir desde aquí al comedor, y también hay una buena cantidad de escaleras y pasillos entre un sitio y el otro.

—¿Qué es ese ruido? —dijo Lucy de repente.

Era una casa mucho más grande que cualquier otra en la que la niña hubiera estado jamás, y pensar en todos aquellos pasillos largos e hileras de puertas que conducían a habitaciones vacías empezaba a inquietarla un poco.

—No es más que un pájaro, boba —contestó Edmund.

—Es un búho —afirmó Peter—. Este sitio será un lugar maravilloso para observar pájaros. Me voy a acostar. Propongo que vayamos de exploración mañana. Se puede encontrar de todo en un sitio como éste. ¿Visteis esas montañas cuando veníamos? ¿Y los bosques? A lo mejor hay águilas. O quizá ciervos. Seguro que hay halcones.

—¡Tejones! —exclamó Lucy.

—¡Zorros! —apuntó Edmund.

—¡Conejos! —añadió Susan.

Pero cuando llegó la mañana siguiente caía una lluvia persistente, tan torrencial que al mirar por la ventana no se veían ni las montañas ni los bosques, ni siquiera el arroyo del jardín.

—¡Vaya, tenía que llover! —se quejó Edmund.

Acababan de terminar de desayunar con el profesor y estaban arriba en la habitación que éste les había reservado: una larga y estrecha habitación con dos ventanas que daban en una dirección y dos en otra.

—Deja de refunfuñar, Ed —dijo Susan—. Diez a uno a que despeja en una hora más o menos. Y mientras, no creo que nos aburramos. Hay una radio y cantidad de libros.

—No me interesan —declaró Peter—. Voy a explorar la casa.

A todos les pareció muy buena idea y así fue como empezaron las aventuras. Era una de esas casas que parecen no tener final, y estaba llena de lugares inesperados. Las primeras puertas que probaron conducían sólo a dormitorios desocupados, como todos habían supuesto; pero no tardaron en llegar a una habitación muy grande llena de cuadros, y allí encontraron una armadura completa; y la siguiente fue una habitación toda tapizada de verde, con un arpa en un rincón, y luego bajaron tres peldaños y subieron cinco, y a continuación apareció una especie de pequeño vestíbulo superior y una puerta que conducía a una galería y luego a una serie de habitaciones que comunicaban unas con otras y tenían las paredes llenas de libros; casi todos los libros eran muy

antiguos y algunos eran más grandes que la Biblia de una iglesia. Casi a continuación se encontraron con una habitación que estaba totalmente vacía, a excepción de un enorme armario; uno de esos que tienen un espejo en la puerta. No había nada más en la estancia aparte de un moscón azul muerto en el alféizar de la ventana.

—¡Aquí no hay nada! —anunció Peter, y todos salieron en tropel; todos excepto Lucy.

La niña se quedó atrás porque pensó que valía la pena intentar abrir la puerta del armario, aunque estaba casi segura de que estaría cerrada con llave. Ante su sorpresa se abrió con facilidad y cayeron al suelo dos bolas de naftalina.

Al mirar dentro, vio varios abrigos colgados, que en su mayoría eran largos y de piel. No había nada que a Lucy le gustara más que el olor y el tacto de la piel, así que se metió inmediatamente en el armario, se cobijó entre los abrigos y restregó el rostro contra ellos, dejando la puerta abierta, desde luego, porque sabía que era una soberana tontería encerrarse en un armario. No tardó en introducirse más en él y descubrió que había una segunda hilera de abrigos colgados detrás de la primera. Estaba muy oscuro allí dentro así que estiró los brazos hacia delante para no chocar de cara contra el fondo del armario. Dio un paso más —luego dos o tres— esperando siempre palpar el fondo de madera con la punta de los dedos; pero no lo encontró.

«¡Madre mía! ¡Este armario es enorme!», pensó Lucy, avanzando más aún, a la vez que apartaba a un lado los suaves pliegues de los abrigos para poder pasar. Entonces notó que había algo que crujía bajo sus pies. «¿Serán más bolas de naftalina?», se preguntó, inclinándose para palparlo con la mano. Pero en lugar de tocar la dura y lisa madera del suelo del armario, tocó algo blando, arenoso y sumamente frío.

—Esto es muy raro —dijo, y dio un paso o dos más al frente.

Al cabo de un instante se percató de que lo que le rozaba el rostro y las manos ya no era suave piel sino algo duro y áspero e incluso espinoso.

—¡Vaya, pero si son ramas de árboles! —exclamó.

Y entonces vio que había una luz más adelante; no unos cuantos centímetros más allá donde debería haber estado la parte posterior del armario, sino bastante más lejos. Algo frío y blando le caía encima, y no tardó en descubrir que estaba de pie en medio de un bosque en plena noche con nieve bajo los pies y copos cayendo desde lo alto.

Lucy se asustó un poco, pero también la embargó la curiosidad y la emoción. Miró por encima del hombro y allí, entre los oscuros troncos de los árboles pudo ver aún la puerta abierta del armario e incluso vislumbrar la habitación vacía de la que había partido; pues, como era de esperar, había dejado la puerta abierta, ya que sabía que era una soberana tontería encerrarse en un armario. Allí aún parecía ser de día. «Siempre puedo regresar si algo sale mal», pensó, y empezó a avanzar, con la nieve crujiendo bajo sus pies mientras cruzaba el bosque en dirección a la otra luz. La alcanzó al cabo de unos diez minutos y descubrió que se trataba de un farol. Mientras estaba allí de pie, contemplándola, preguntándose por qué había un farol en medio de un bosque y también qué haría a continuación, oyó un golpeteo de pasos que se dirigían hacia ella. Y, casi inmediatamente después, una persona muy extraña surgió de los árboles y penetró en el haz de luz que proyectaba el farol.

Era apenas un poco más alto que Lucy y sostenía un paraguas sobre la cabeza, blanco por la nieve. De la cintura para arriba era igual que un hombre, pero sus piernas eran como las de una cabra —con un pelaje de un negro lustroso— y en lugar de pies tenía pezuñas de cabra. También tenía cola, pero Lucy no la vio al principio ya que reposaba tranquilamente sobre el brazo que sostenía el paraguas para impedir que se arrastrara por la nieve.

Llevaba una bufanda roja de lana alrededor del cuello y su piel también era bastante rojiza. Tenía la cara menuda, extraña pero agradable, con una barba corta y puntiaguda y una melena rizada de la que sobresalían dos cuernos, uno a cada lado de la frente. Como ya he dicho, con una mano sostenía el paraguas; en el otro brazo llevaba varios paquetes envueltos en papel marrón. Entre los paquetes y la nieve parecía que acabara de realizar sus compras de Navidad. El recién llegado era un fauno, y cuando vio a Lucy se sobresaltó de tal modo que dejó caer todos los paquetes.

—¡Válgame Dios! —exclamó el fauno.

CAPÍTULO 2

———ᴥ———

Lo que encontró Lucy

—Buenas tardes —saludó Lucy.

El fauno estaba tan concentrado en hacerse con los paquetes que al principio no respondió, pero cuando hubo acabado, le dedicó una leve reverencia.

—Buenas tardes, buenas tardes —respondió—. Perdona, no quisiera resultar curioso, pero ¿me equivoco al pensar que eres una Hija de Eva?

—Me llamo Lucy —respondió ella, sin comprender exactamente a qué se refería él.

—Pero, perdona si insisto, ¿eres lo que se llama una chica?

—Desde luego que soy una chica.

—¿Eres humana de verdad?

—Pues ¡claro que soy humana! —respondió Lucy, todavía algo desconcertada.

—Por supuesto —dijo el fauno—. ¡Qué tonto soy! Pero es que jamás había visto a un Hijo de

Adán ni a una Hija de Eva. Encantado de conocerte. Es decir... —Y entonces se detuvo como si hubiera estado a punto de decir algo sin querer pero se hubiera contenido a tiempo—. Encantado, encantado —repitió—. Permite que me presente. Me llamo Tumnus.

—Encantada de conocerte, señor Tumnus —contestó ella.

—Y puedo preguntar, Lucy, Hija de Eva —inquirió el señor Tumnus—, ¿cómo has entrado en Narnia?

—¿Narnia? ¿Qué es eso?

—Ésta es la tierra de Narnia —respondió el fauno—, donde nos encontramos ahora; todo lo que hay entre el farol y el gran castillo de Cair Paravel en el mar oriental. Y tú... ¿has venido desde los Bosques Salvajes del Oeste?

—En... entré a través del armario de la habitación de invitados —respondió Lucy.

—¡Ah! —dijo el señor Tumnus con voz algo melancólica—. Si hubiera estudiado más geografía de pequeño, sin duda conocería de memoria esos extraños países. Ahora ya es demasiado tarde.

—Pero ¡si no es otro país! —protestó Lucy, casi riendo—. Está justo ahí detrás..., al menos... no estoy segura. Allí es verano.

—Mientras tanto —indicó el señor Tumnus—,

en Narnia es invierno, y es así desde hace una eternidad, así que nos resfriaremos si nos quedamos aquí charlando en la nieve. Hija de Eva del lejano país de Tación de Invitados donde reina el verano eterno alrededor de la luminosa ciudad de Arma Río, ¿te gustaría ir a cenar conmigo?

—Muchas gracias, señor Tumnus —respondió ella—; pero creo que debería regresar.

—Está a la vuelta de la esquina —dijo el fauno—, y habrá un buen fuego encendido..., y tostadas..., y sardinas..., y tarta.

—Vaya, eres muy amable —aceptó Lucy—. Pero no podré quedarme mucho tiempo.

—Si me tomas del brazo, Hija de Eva —indicó el señor Tumnus—, sostendré el paraguas de forma que nos cubra a los dos. Perfecto. Ahora..., en marcha.

Así fue como Lucy se encontró andando por el bosque, del brazo de aquella extraña criatura como si se conocieran de toda la vida.

No habían andado mucho cuando llegaron a un lugar donde el terreno se volvía escarpado y había rocas por todas partes y colinas bajas que lo cubrían todo. Al llegar al fondo de un pequeño valle el señor Tumnus giró repentinamente a un lado como si tuviera intención de entrar directamente en una enorme roca, pero en el último instante Lucy des-

cubrió que conducía a la entrada de una cueva. En cuanto estuvieron en el interior, la pequeña parpadeó, deslumbrada por la luz del fuego de leña. Entonces su acompañante se inclinó y tomó un llameante madero del fuego con un par de tenazas elegantes y menudas, y encendió una lámpara.

—Va a estar listo en seguida —anunció, e inmediatamente colocó una tetera en el fuego.

Lucy pensó que nunca había visto un lugar tan bonito. Era una acogedora cueva seca y limpia, de piedra rojiza, con una alfombra en el suelo, dos sillas pequeñas —«Una para mí y otra para un

amigo», dijo el señor Tumnus—, una mesa, una cómoda, una repisa sobre la chimenea, y encima de ésta, un cuadro de un fauno anciano con una barba gris. En una esquina había una puerta que Lucy supuso que debía de conducir al dormitorio de su anfitrión, y en una pared había una estantería llena de libros. La niña los contempló mientras él disponía las cosas para el té; tenían títulos como *Vida y cartas de Sileno* o *Ninfas y sus costumbres* u *Hombres, monjes y guardabosques; Un estudio de la leyenda popular* o *¿Es el ser humano un mito?*

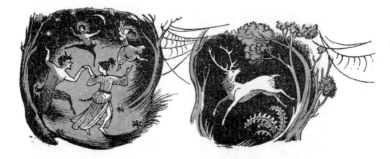

—¡Ya está, Hija de Eva! —dijo el fauno.

La cena estaba riquísima. Consistió en un excelente huevo marrón, poco hervido, para cada uno; luego, sardinas con pan; a continuación, tostadas con mantequilla y tostadas con miel, y para terminar, una tarta recubierta de azúcar. Cuando Lucy se cansó de comer, el fauno empezó a hablar; tenía relatos maravillosos que contar sobre la vida en el bosque. Le habló de las danzas a medianoche y de cómo las ninfas que vivían en los pozos y las dríadas que habitaban en los árboles salían a bailar con los faunos; de las largas cacerías en pos del ciervo blanco como la leche que podía concederte deseos si lo capturabas; de los banquetes y las búsquedas de tesoros con los salvajes Enanos Rojos en las profundas minas y cavernas situadas bajo el suelo del bosque, a gran profundidad; también le habló del verano, cuando los bosques eran verdes y el viejo Sileno montado en su rechoncho asno acostumbraba a visitarlos, y a veces

incluso el mismo Baco los honraba con su visita; le contó como en aquellas ocasiones los arroyos fluían con vino en lugar de agua y como todo el bosque se entregaba al jolgorio durante semanas enteras.

—Aunque ahora siempre es invierno —añadió con melancolía.

A continuación, para animarse, sacó de un estuche colocado sobre la cómoda una curiosa flauta que parecía estar hecha de paja, y empezó a tocar. La melodía que entonó hizo que Lucy deseara gritar, reír, bailar y echarse a dormir, todo al mismo tiempo. Sin duda habían transcurrido ya algunas horas cuando la niña sacudió la cabeza y dijo:

—Perdona, señor Tumnus, siento mucho tener que interrumpirte; la verdad es que me encanta esa melodía, pero debo ir a casa. Sólo pensaba quedarme unos minutos.

—Ya no sirve de nada —indicó el fauno, dejando la flauta y sacudiendo la cabeza muy apenado.

—¿Que ya no sirve de nada? —inquirió Lucy, poniéndose en pie de un salto al tiempo que se iba alarmando—. ¿Qué significa eso? Tengo que irme a casa ahora mismo. Los demás se estarán preguntando qué me ha sucedido. —Al cabo de un momento, preguntó—: ¡Señor Tumnus! ¿Qué sucede?

Los ojos castaños del fauno se habían llenado de lágrimas que, al poco tiempo, empezaron a resbalar por sus mejillas y no tardaron en rodar también por la punta de su nariz; y finalmente la criatura se cubrió el rostro con las manos y empezó a llorar desconsoladamente.

—¡Señor Tumnus! ¡Señor Tumnus! —dijo Lucy muy angustiada—. ¡No llores! ¡No llores! ¿Qué sucede? ¿No te encuentras bien? Querido señor Tumnus, dime qué ocurre.

Pero el fauno siguió sollozando como si se le fuera a partir el corazón; y ni siquiera cuando Lucy se inclinó hacia él, lo rodeó con los brazos y le prestó su pañuelo, se detuvo. Se limitó a tomar el pañuelo y lo usó sin cesar, retorciéndolo con ambas manos cada vez que estaba tan empapado que no absorbía nada, de modo que al poco tiempo Lucy se encontró de pie en medio de un charquito de agua.

—¡Señor Tumnus! —vociferó la niña en su oído, zarandeándolo—. Deja de llorar. ¡Cálmate de una vez! Debería darte vergüenza, un fauno grandote como tú. ¿Por qué diablos lloras?

—¡Bua! —sollozó él—. Lloro porque soy un fauno malísimo.

—Yo no creo que seas un fauno malo —respondió ella—. Creo que eres un fauno muy bueno. Eres el fauno más gentil que he conocido jamás.

—Snif, snif. No dirías eso si lo supieras —replicó él entre sollozos—. No, soy un fauno malo. No creo que haya habido jamás un fauno peor desde el principio del mundo.

—Pero ¿qué es lo que has hecho?

—En cambio mi padre —continuó el señor Tumnus—; ahí está su retrato, sobre la repisa de la chimenea. Él jamás habría hecho algo así.

—¿Algo como qué? —inquirió Lucy.

—Como lo que yo he hecho —respondió el fauno—. Entrar al servicio de la Bruja Blanca. ¡Eso es lo que pasa! Estoy al servicio de la Bruja Blanca.

—¿La Bruja Blanca? ¿Quién es?

—Vaya, pues ella es quien tiene a toda Narnia bajo su dominio. Es ella quien hace que siempre sea invierno. Siempre invierno y nunca Navidad; ¡imagínatelo!

—¡Qué horror! Pero ¿cuál es tu función?

—Eso es lo peor de todo —respondió él con un profundo gemido—. Actúo como secuestrador para ella, eso es lo que soy. Mírame, Hija de Eva. ¿Creerías que soy la clase de fauno que encuentra a una pobre criatura inocente en el bosque, alguien que jamás me ha hecho ningún daño, y finge ser amable con ella, y la invita a su cueva, todo para conseguir adormecerla y luego entregarla a la Bruja Blanca?

—No —respondió Lucy—; estoy segura de que tú no harías nada parecido.

—Pero lo he hecho.

—Bueno —dijo ella despacio, pues deseaba ser sincera pero al mismo tiempo no ser demasiado dura con él—, bueno, no estuvo nada bien. Pero te sientes tan arrepentido que estoy segura de que no lo volverás a hacer.

—Hija de Eva, ¿es qué no lo entiendes? —respondió el fauno—. No me refiero a algo que ocurrió hace tiempo. Hablo de lo que sucede en este mismo instante.

—¿Qué significa eso? —exclamó ella, palideciendo.

—La criatura eres tú —dijo Tumnus—. Tenía órdenes de la Bruja Blanca de que si alguna vez veía a un Hijo de Adán o a una Hija de Eva en el bosque, debía capturarlos y entregárselos a ella. Y tú eres la primera con la que me he tropezado. Y he fingido ser tu amigo y te he invitado a cenar, y durante todo el tiempo mi intención ha sido esperar hasta que estuvieras dormida y luego ir a contárselo a ella.

—Pero no lo harás, señor Tumnus —replicó Lucy—. ¿A que no? Creo rotundamente que no debes hacerlo.

—Si no lo hago —respondió él, rompiendo a llorar otra vez—, seguro que ella lo descubre. Y hará que me corten la cola y los cuernos y me arranquen la barba, y agitará su varita sobre mis hermosas pezuñas hendidas y las convertirá en horrorosos cascos compactos como los de un miserable caballo. Y si se siente crecida y especialmente enojada, me convertirá en piedra y no seré otra cosa que una estatua en su horrible casa hasta que estén ocupados los cuatro tronos de Cair Paravel; algo que Dios sabe cuándo sucederá, ¡si es que sucede algún día!

—Lo siento mucho, señor Tumnus —indicó Lucy—, pero, por favor, déjame regresar a casa.

—Claro que lo haré. Desde luego que tengo que hacerlo. Ahora me doy cuenta. No sabía cómo eran los humanos hasta que te conocí. Claro que

no te puedo entregar a la Bruja Blanca; no, ahora que te conozco. Pero debemos irnos en seguida. Te acompañaré hasta el farol. Supongo que desde allí sabrás encontrar el camino de vuelta a la Tación de Invitados y a Arma Río.

—Estoy segura.

—Debemos ser sigilosos —aconsejó el señor

Tumnus—. El bosque está repleto de espías. Incluso algunos árboles están de su lado.

Ambos se pusieron de pie y dejaron los platos y los restos de la cena. El señor Tumnus volvió a abrir su paraguas y a ofrecer el brazo a Lucy, y salieron los dos a la nieve. El viaje de vuelta no se pareció en nada al viaje hasta la cueva del fauno; avanzaron con sumo cuidado, sin decir una palabra, y el señor Tumnus eligió en todo momento las zonas más oscuras. Lucy se sintió aliviada cuando alcanzaron el farol.

—¿Sabes regresar desde aquí, Hija de Eva? —preguntó el señor Tumnus.

Lucy miró con mucha atención por entre los árboles y consiguió distinguir a lo lejos el fragmento de luz que recordaba a la luz del día.

—Sí —anunció—, ya veo la puerta del armario.

—Entonces vete a casa tan rápido como puedas —indicó el fauno—, y... ¿pu...puedes perdonarme por lo que pensaba hacer?

—Pues claro que sí —respondió ella, estrechando con entusiasmo su mano—. Y espero de todo corazón que no te metas en un lío terrible por mi culpa.

—Adiós, Hija de Eva —dijo él—. ¿Puedo quedarme el pañuelo, por favor?

—¡Por supuesto! —respondió Lucy.

La niña echó a correr hacia el distante retazo de luz del día a toda la velocidad que le permitían las piernas y, al poco tiempo, en lugar del roce de las ásperas ramas sintió el contacto de abrigos, y en lugar de nieve crujiente bajo los pies notó tablas de madera, y de repente se encontró saltando fuera del armario a la misma habitación vacía desde la que se había iniciado su aventura. Cerró bien la puerta del armario tras ella y miró a su alrededor, jadeante. Llovía aún y oyó las voces de sus hermanos en el pasillo.

—¡Estoy aquí! —chilló—. ¡He regresado, estoy bien! No pasa nada.

CAPÍTULO 3

Edmund y el armario

Lucy salió corriendo de la habitación vacía al pasillo y encontró allí a los otros tres.

—No pasa nada —repitió—. He regresado.

—¿De qué diablos estás hablando, Lucy? —preguntó Susan.

—Pues —respondió la niña con asombro—, ¿no me habéis echado de menos?

—Así que te habías escondido, ¿no es eso? —dijo Peter—. ¡Pobre Lu! ¡Se esconde y nadie se da cuenta! Tendrás que esconderte durante más tiempo si quieres que la gente te busque.

—Pero si he estado fuera horas y horas —protestó Lucy.

Los demás intercambiaron miradas de sorpresa.

—¡Chiflada! —declaró Edmund, dándose golpecitos en la cabeza—. ¡Totalmente chiflada!

—¿Qué quieres decir, Lu? —inquirió Peter.

—Lo que he dicho —respondió ella—. Entré en el armario justo después de desayunar, y he estado fuera miles de horas, ¡hasta he cenado! Y han ocurrido toda clase de cosas.

—No seas tonta, Lucy —dijo Susan—. Acabamos de salir de esa habitación hace un momento, y tú estabas allí.

—No es tonta —intervino Peter—, simplemente se ha inventado una historia para divertirse, ¿verdad? Y ¿qué hay de malo en eso?

—No, Peter, no es verdad —insistió ella—. Es... es un armario mágico. Hay un bosque en su interior, y nieva, y hay un fauno y una bruja. El lugar se llama Narnia; venid a verlo.

Los otros no sabían qué pensar, pero Lucy estaba tan nerviosa que todos regresaron con ella a la habitación. La niña se adelantó corriendo, abrió de par en par la puerta del armario y exclamó:

—¡Ya está! Entrad y vedlo vosotros mismos.

—Vamos, boba —dijo Susan, introduciendo la cabeza a la vez que retiraba los abrigos—, no es más que un armario normal y corriente; ¡mirad! Ahí está la parte posterior.

Entonces todos metieron la cabeza y apartaron los abrigos; y todos vieron —la misma Lucy lo vio— un armario totalmente normal. No había bosque ni nieve, únicamente la parte posterior del armario, con ganchos clavados en ella. Peter entró y golpeó la madera con los nudillos para asegurarse de que era maciza.

—Una broma muy divertida, Lu —declaró cuando volvió a salir—, nos habías engañado, debo admitirlo. Hemos estado a punto de creerte.

—Pero no era una broma, ¡qué va! —protestó ella—, hablaba en serio. Hace un momento todo era distinto. De verdad. Lo prometo.

—Vamos, Lu —dijo Peter—, te estás pasando. La broma ya no hace gracia. ¿No sería mejor dejarlo ya?

Lucy enrojeció violentamente y trató de decir algo, aunque apenas sabía qué intentaba decir, y a continuación prorrumpió en lágrimas.

Durante los días siguientes la pequeña se sintió muy desdichada. Podría haber hecho las paces con sus hermanos con suma facilidad en cualquier momento si se hubiera resignado a decir que todo el asunto era simplemente una historia inventada; pero Lucy era una niña muy sincera y sabía que en el fondo tenía razón; y por ese motivo no podía decir lo contrario. Los otros, que pensaban que les mentía, y de una forma absurda, la hicieron sentirse mal. Los dos mayores lo hicieron sin intención, pero Edmund podía ser malicioso, y en aquella ocasión lo fue. Se burlaba de Lucy y no dejaba de preguntarle si había encontrado otros mundos en las alacenas de la casa. Lo peor fue que se suponía que aquellos días debían ser deliciosos. El tiempo era estupendo y estaban al aire libre desde la mañana hasta la noche, bañándose, pescando, subiendo a los árboles y acostándose en los brezos. Sin embargo, Lucy no conseguía disfrutar de todo aquello. Las cosas continuaron así hasta el siguiente día de lluvia.

Ese día, cuando al caer la tarde vieron que no había el menor indicio de que el tiempo fuera a mejorar, decidieron jugar al escondite. A Susan le tocó ser quien buscaba y en cuanto los demás se desperdigaron para esconderse, Lucy fue a la habitación donde estaba el armario. No era su intención ocultarse allí, porque sabía que con eso sólo conseguiría hacer que sus hermanos volvieran a hablar de aquel bochornoso asunto. Lo que sí quería era volver a echar una mirada en su interior; pues para entonces empezaba a preguntarse si Narnia y el fauno no habrían sido un sueño. La casa era tan grande y complicada y llena de escondites que pensó que tendría tiempo de echar una ojeada dentro del armario y luego ocultarse en otra parte. Pero en cuanto llegó junto a él oyó pasos en el pasillo fuera de la habitación, y no pudo hacer otra cosa que saltar al interior del armario y sujetar la puerta cerrada tras ella. No la cerró del todo porque sabía que era una soberana tontería encerrarse en un armario, aunque se tratara de uno mágico.

Resultó que los pasos que había oído eran los de Edmund; y éste entró en la habitación justo a tiempo para ver a Lucy desaparecer en el interior del armario. Al instante decidió entrar también él; no porque lo considerara un lugar especialmente bueno para esconderse, sino porque quería seguir fastidiando a la niña sobre su mundo imaginario. Abrió la puerta. Allí estaban los abrigos colgados como de costumbre, acompañados de un olor a naftalina, y también había oscuridad y silencio, y ni rastro de Lucy.

«Cree que soy Susan, que ha venido a atraparla —se dijo Edmund para sí—, y por eso se queda muy quieta en el fondo.»

Saltó al interior y cerró la puerta, sin pensar en la tontería que acababa de hacer. Luego empezó a buscar a Lucy palpando la oscuridad. Esperaba encontrarla en unos pocos segundos y se sorprendió mucho cuando no fue así. Decidió volver a abrir la puerta y dejar entrar un poco de luz; pero tampoco consiguió encontrar la puerta. Aquello no le gustó nada y empezó a buscar a tientas desesperadamente en todas direcciones; incluso gritó:

—¡Lucy! ¡Lu! ¿Dónde estás? Sé que estás aquí.

No hubo respuesta y Edmund observó que su voz tenía un sonido curioso; no el sonido hueco que cabe esperar dentro de un armario, sino una clase de sonido propio del aire libre. También se dio cuenta de que sentía un frío inesperado; y entonces vio la luz.

—Menos mal —dijo—, la puerta debe de haberse abierto sola.

Olvidó todo lo referente a Lucy y fue en dirección a la luz, pues pensaba que provenía de la puerta abierta del armario. Sin embargo, en lugar de salir a la habitación de invitados se encontró saliendo de la sombra de unos abetos tupidos y oscuros para ir a parar a un lugar al descubierto en medio de un bosque.

Había nieve crujiente y virgen bajo sus pies, y más nieve en las ramas de los árboles. Sobre su cabeza se extendía un cielo azul pálido, la clase de cielo que uno contempla por la mañana en un espléndido día invernal. Vio por entre los troncos de los árboles como el sol empezaba a salir, muy rojo y nítido. Todo estaba en completo silencio, como si él fuera el único ser vivo de aquel país. No había ni siquiera un petirrojo o una ardilla entre los árboles, y el bosque se prolongaba hasta donde alcanzaba su vista en todas direcciones. Se estremeció de frío.

En aquel momento recordó que estaba buscando a Lucy, y también lo mucho que se había burlado de su «mundo imaginario», que ahora resultaba ser todo menos imaginario. Se dijo que la niña debía de estar en alguna parte, no muy lejos y, por lo tanto, la llamó a gritos:

—¡Lucy! ¡Lucy! También estoy aquí... soy Edmund.

No obtuvo respuesta.

«Está enojada por todas las cosas que le he dicho», pensó. No le gustaba admitir que se había equivocado, pero tampoco le gustaba mucho estar solo en aquel lugar extraño y frío; de modo que volvió a gritar:

—¡Eh, Lucy! Siento no haberte creído. Ahora me doy cuenta de que tenías razón desde el principio. Anda, sal. Vamos a hacer las paces.

Siguió sin recibir respuesta.

«Una chica tenía que ser —dijo para sí—, estará enfurruñada en alguna parte, y no querrá aceptar una disculpa.»

Volvió a mirar a su alrededor y decidió que no le gustaba mucho aquel lugar, y casi había decidido volver a casa cuando oyó, muy lejos en el bosque, un sonido de cascabeles. Aguzó el oído y el sonido se acercó más y más, hasta que al final apareció veloz ante su vista un trineo tirado por dos renos.

Los renos eran del tamaño de ponies y su pelaje era tan blanco que incluso la nieve perdía blancura comparada con ellos; las ramificadas cornamentas tenían un baño dorado y brillaban como si llamearan cuando las alcanzaban los rayos del sol. Los arneses eran de cuero escarlata y estaban cubiertos de cascabeles. En el trineo, conduciendo los renos, estaba sentado un enano rechoncho que, de pie, no mediría más de un metro de altura. Iba vestido con pieles de oso polar y en la cabeza llevaba un gorro puntiagudo de color rojo con una larga borla dorada colgando de la punta; una enorme barba le cubría las rodillas y le servía de manta. Pero detrás de él, en un asiento mucho más elevado en el centro del trineo estaba sentada una persona muy distinta: una gran dama, más alta que cualquier mujer que Edmund hubiera visto jamás. También iba cubierta de pieles blancas hasta la garganta, sostenía una larga y recta varita dorada en la mano derecha y lucía una corona de oro en la cabeza. Tenía el rostro blanco; no simplemente pálido, sino blanco como la nieve, el papel o el azúcar en polvo, a excepción de la boca, que era de un rojo intenso. El suyo era un rostro hermoso en otros aspectos, aunque también orgulloso, frío y severo.

El trineo era algo digno de contemplarse mientras se acercaba veloz hacia Edmund con los cascabeles tintineando y el enano haciendo chasquear el látigo mientras la nieve volaba por los aires a ambos lados del vehículo.

—Detente —ordenó la dama, y el enano detuvo a los renos con tanta violencia que estuvieron a punto de caer sentados.

No obstante, los animales se recuperaron en seguida, y permanecieron inmóviles mordisqueando y resoplando. En el aire helado, el aliento que surgía de sus ollares parecía humo.

—Perdona, y ¿tú qué eres? —inquirió la dama, mirando con severidad a Edmund.

—Me... me... me llamo Edmund —respondió éste con cierta vergüenza, pues no le gustaba nada el modo en que ella lo miraba.

La mujer frunció el entrecejo.

—¿Es así como te diriges a una reina? —preguntó, con expresión más severa aún.

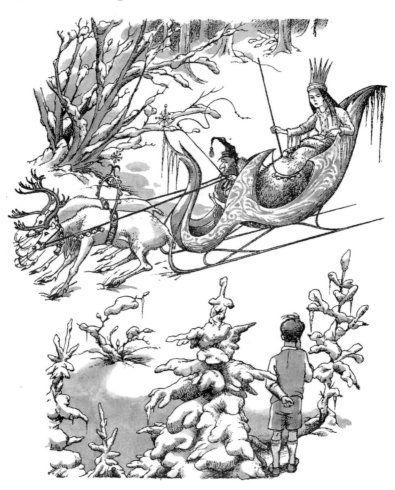

—Le pido perdón, majestad, no lo sabía —respondió él.

—¿No conocías a la reina de Narnia? —exclamó ella—. ¡Ja! Ya nos conocerás mejor de ahora en adelante. Pero repito: ¿qué eres?

—Por favor, majestad —dijo Edmund—, no sé a qué se refiere. Voy a la escuela, bueno, durante el período escolar, ahora estoy de vacaciones.

CAPÍTULO 4

Delicias turcas

—Pero ¿qué «eres»? —repitió la reina—. ¿Eres un enano demasiado crecido que se ha cortado la barba?

—No, majestad. Jamás he tenido barba. Soy un niño.

—¡Un niño! —exclamó ella—. ¿Me estás diciendo que eres un Hijo de Adán?

Edmund permaneció muy quieto, sin decir nada. Se sentía demasiado desconcertado en aquellos momentos para comprender lo que significaba la pregunta.

—Ya veo que eres un imbécil, de eso no cabe duda —añadió la reina—. Respóndeme, de una vez por todas, o perderé la paciencia. ¿Eres humano?

—Sí, majestad —contestó Edmund.

—Y ¿cómo, si puedo saberlo, penetraste en mis dominios?

—Por favor, majestad, entré a través de un armario.

—¿Un armario? ¿A qué te refieres?

—A... abrí una puerta y me encontré aquí, majestad —replicó Edmund.

—¡Ja! —dijo la reina, hablando más para sí que para él—. Una puerta. ¡Una puerta desde el mundo de los humanos! He oído hablar de tales cosas. Esto puede estropearlo todo. Pero es sólo uno, y puedo ocuparme fácilmente de él.

Mientras decía aquello se levantó de su asiento y miró a Edmund directamente a la cara, con ojos llameantes; en ese mismo instante alzó su varita. Edmund estaba convencido de que la desconocida iba a hacer algo horrible pero se sentía incapaz de moverse. Entonces, justo cuando ya se daba por perdido, ella pareció cambiar de idea.

—Mi pobre criatura —dijo en un tono de voz bastante distinto—, ¡pareces congelado! Ven y siéntate conmigo aquí en el trineo; colocaré mi manto a tu alrededor y conversaremos.

A Edmund no le gustó nada aquel plan pero no se atrevió a desobedecer; montó en el trineo y se sentó a sus pies, y ella colocó un pliegue del manto a su alrededor y lo arropó bien con él.

—¿Tal vez algo caliente para beber? —sugirió la reina—. ¿Te gustaría?

—Sí, por favor, majestad —respondió Edmund, a quien le castañeteaban ya los dientes.

La reina sacó de entre sus envolturas una botella muy pequeña que parecía hecha de cobre. Luego, extendiendo un brazo, dejó caer una gota de su contenido sobre la nieve junto al trineo. Edmund vio la gota durante un segundo flotando en el aire, refulgente como un diamante. Pero en cuanto tocó la nieve se produjo un siseo y apareció una copa adornada con joyas llena de algo que humeaba. El enano se apresuró a alcanzar el recipiente y se lo entregó a Edmund con una reverencia y una sonrisa; una sonrisa no muy agradable.

El niño se sintió mucho mejor mientras empezaba a sorber la bebida caliente. Era algo que jamás había probado antes, muy dulce, espumoso y cremoso, y lo calentó hasta la punta del dedo gordo del pie.

—Resulta insulso, Hijo de Adán, beber sin comer —dijo entonces la reina—. ¿Qué te gustaría comer?

—Delicias turcas, por favor, majestad —respondió Edmund.

La reina dejó caer otra gota del contenido de la botella sobre la nieve, y al instante apareció una caja redonda, atada con una cinta de seda verde, que, al abrirla, resultó contener más de un kilo de las mejores delicias turcas. Las porciones eran dulces y apetitosas hasta el mismo centro y el niño no había saboreado nunca nada más delicioso. Como ya había entrado en calor, se sentía muy a gusto.

Mientras comía, la reina no dejó de hacerle preguntas. Al principio Edmund intentó recordar que es de mala educación hablar con la boca llena, pero no tardó en olvidarlo y en pensar en engullir tantas delicias turcas como le fuera posible, y cuantas más comía, más deseaba comer, y en ningún momento se preguntó por qué la reina se mostraba tan curiosa. La mujer consiguió que le contara que tenía un hermano y dos hermanas, que una de sus hermanas ya había estado en Narnia y había conocido a un fauno, y que nadie excepto él, su hermano y sus hermanas, sabía de la existencia de Narnia. Pareció especialmente interesada en el hecho de que ellos fueran cuatro, y no hacía más que volver sobre el tema.

—¿Estás seguro de que sois cuatro? —preguntaba—. ¿Dos Hijos de Adán y dos Hijas de Eva, ni uno más ni uno menos?

Y Edmund, con la boca llena de delicias turcas, contestaba una y otra vez:

—Sí, ya se lo he dicho —respondió, olvidándose de llamarla «majestad», aunque a ella ya no parecía importarle.

Por fin se agotaron todos los dulces y Edmund se quedó mirando con fijeza la caja vacía con la esperanza de que ella le preguntara si quería más. Probablemente la reina sabía bien lo que él pensaba, pues sabía, aunque Edmund no, que aquéllas eran delicias turcas encantadas y que todo el que probara una querría más y más, y que incluso, si se lo permitían, seguiría comiéndolas hasta morir atorado. Sin embargo no le ofreció más y, en lugar de eso, le dijo:

—Hijo de Adán, me gustaría mucho ver a tu hermano y a tus dos hermanas. ¿Querrás venir con ellos a verme?

—Lo intentaré —respondió Edmund, mirando aún la caja vacía.

—Porque si regresas, trayéndolos contigo, claro, podré darte más delicias turcas. No puedo hacerlo ahora, la magia sólo funciona una vez. En mi casa sería diferente.

—¿Por qué no podemos ir ahora a su casa? —inquirió él.

Al subir al trineo había temido que ella pudiera llevárselo a algún lugar desconocido del que no podría regresar; pero ya lo había olvidado.

—Mi casa es un lugar encantador —dijo la reina—. Estoy segura de que te gustaría. Hay habitaciones enteras llenas de delicias turcas, y lo que es más, no tengo hijos. Quiero un muchacho agradable al que pueda educar como príncipe y que sea rey de Narnia cuando yo ya no esté. Mientras fuera príncipe llevaría una corona de oro y se pasaría el día comiendo delicias turcas; y tú eres el joven más inteligente y apuesto que he conocido jamás. Creo que me gustaría convertirte en príncipe... algún día, cuando vuelvas con los demás.

—¿Por qué no ahora? —preguntó Edmund.

El rostro del niño había enrojecido terriblemente y tenía la boca y los dedos pegajosos. No tenía ni aspecto inteligente ni apuesto, dijera lo que dijera la reina.

—Pero si te llevara allí ahora —respondió ella—, no vería a tu hermano ni a tus hermanas. Tengo mucho interés en conocer a tus encantadores parientes. Tú serás mi príncipe y, más adelante, el rey; eso queda acordado. Sin embargo, tienes que tener cortesanos y nobles. Haré duque a tu hermano y duquesas a tus hermanas.

—Pero ellos no son nada del otro mundo —protestó Edmund—, y de todos modos, siempre podría traerlos de visita.

—Ah, pero una vez estuvieras en mi casa —dijo la reina—, tal vez te olvidaras completamente de ellos. Te divertirías tanto que no querrías molestarte en ir a buscarlos. No; debes regresar a tu país ahora mismo y venir a verme otro día, con ellos, lo comprendes. De nada sirve que vengas sin ellos.

—Pero ni siquiera conozco el camino de regreso a mi mundo —suplicó él.

—Eso es fácil —respondió la reina—. ¿Ves aquel farol? —Señaló con la varita, y Edmund se dio la vuelta y vio el mismo farol bajo el que Lucy se había encontrado con el fauno—. En línea recta, más allá, se encuentra el camino al Mundo de los Humanos. Y ahora, mira en la dirección contraria —señaló en dirección opuesta— y dime si ves dos pequeñas colinas que se elevan entre los árboles.

—Creo que sí.

—Bien, mi casa se encuentra entre esas dos colinas. Así que la próxima vez que vengas sólo tienes que localizar el farol, buscar esas dos colinas y cruzar el bosque hasta que llegues a mi casa. Pero recuerda... debes traer a los demás contigo. Podría enojarme mucho si vinieras solo.

—De acuerdo, haré lo que pueda —respondió Edmund.

—Y, a propósito —siguió la reina—, no es necesario que les hables de mí. Sería divertido mantenerlo como un secreto entre nosotros, ¿no crees? Hagamos que sea una sorpresa para ellos. Limítate a traerlos a las dos colinas; a un muchacho listo como tú se le ocurrirá fácilmente alguna excusa para hacerlo; y cuando llegues a mi casa puedes decir simplemente: «vamos a ver quién vive aquí», o algo parecido. Estoy segura de que será lo mejor. Si tu hermana ha conocido a uno de los faunos, puede haber oído historias extrañas sobre mí; historias desagradables que podrían hacer que temiera venir a verme. Los faunos cuentan todo tipo de cosas, ¿sabes?, y ahora...

—Por favor, por favor —dijo Edmund de repente—, por favor, ¿no podría darme sólo una porción más de delicias turcas para comérmelas de camino a casa?

—No, no —respondió ella con una carcajada—, debes aguardar hasta la próxima vez.

Mientras hablaba, hizo una seña al enano para que pusiera el trineo en marcha, pero mientras el vehículo desaparecía de la vista, la reina agitó la mano en dirección a Edmund, gritándole:

—¡La próxima vez! ¡La próxima vez! No lo olvides. Regresa pronto.

Edmund seguía con la mirada fija en el lugar por el que se había marchado el trineo cuando oyó que alguien lo llamaba por su nombre, y al mirar a su alrededor vio a Lucy, que avanzaba hacia él desde otra parte del bosque.

—¡Edmund! —exclamó—. ¡Así que tú también has entrado! ¿No es maravilloso? Y ahora...

—De acuerdo —respondió Edmund—. Ya veo que tenías razón y que, después de todo, es un armario mágico. Diré que lo lamento, si quieres. Pero ¿dónde diablos has estado todo este tiempo? Te he buscado por todas partes.

—De haber sabido que habías entrado, te habría esperado —dijo ella, que se sentía muy feliz y emocionada para darse cuenta del modo tan irascible en que hablaba su hermano ni de lo sonrojado y extraño que estaba su rostro—. He estado almorzando con el señor Tumnus, el fauno, y se encuentra muy bien y la Bruja Blanca no le ha hecho nada por dejarme marchar, de modo que piensa que no debe de haberse enterado y que tal vez todo vaya bien al fin y al cabo.

—¿La Bruja Blanca? —preguntó Edmund—; ¿quién es?

—Es una persona terrible —respondió Lucy—. Se llama a sí misma la reina de Narnia aunque no tiene ningún derecho a ser reina, y todos los faunos, dríadas, enanos y animales, al menos todos los que son buenos, la odian. Y puede convertir a la gente en estatua de piedra y hacer toda clase de cosas horribles. Y ha pronunciado un encantamiento de modo que en Narnia sea siempre invierno, siempre es invierno pero nunca llega la Navidad. Y pasea por ahí en un trineo, tirado por renos, con su varita en la mano y una corona en la cabeza.

Edmund empezaba a encontrarse mal por haber comido demasiados dulces, y cuando oyó que la dama con la que había hecho amistad era una bruja peligrosa se sintió todavía peor. Pero de todos modos, seguía deseando volver a probar aquellas delicias turcas más que ninguna otra cosa en el mundo.

—¿Quién te contó todas esas tonterías sobre la Bruja Blanca? —preguntó.

—El señor Tumnus, el fauno —respondió Lucy.

—No puedes creer siempre lo que cuentan los faunos —indicó él, intentando dar la impresión de que sabía mucho más sobre ellos que Lucy.

—¿Quién dice eso?

—Todo el mundo lo sabe —repuso Edmund—; pregúntale a cualquiera si quieres. ¿Sabes que no resulta nada agradable estar aquí en la nieve? Vamos a casa.

—Sí, vamos —asintió Lucy—. Edmund, estoy muy contenta de que tú también hayas entrado. Los otros tendrán que creer en Narnia ahora que nosotros dos hemos estado aquí. ¡Qué divertido será!

Sin embargo, el niño pensaba secretamente que no resultaría tan divertido para él como para ella. Tendría que admitir delante de sus hermanos que Lucy tenía razón y estaba seguro de que todos se pondrían del lado de los faunos y los animales; pero él estaba ya casi completamente de parte de la bruja. No sabía qué diría, ni cómo podría guardar su secreto una vez que todos ellos empezaran a hablar de Narnia.

Llevaban ya recorrido un buen trecho cuando, de improviso, sintieron que tenían abrigos a su alrededor en lugar de ramas, y al cabo de un instante estaban los dos de pie fuera del armario, en la habitación vacía.

—Oye —dijo Lucy—, tienes un aspecto terrible, Edmund. ¿Te encuentras bien?

—Estoy bien —respondió él, pero no era cierto; empezaba a sentirse muy enfermo.

—Vamos, pues —indicó ella—, busquemos a los otros. Tenemos muchas cosas que contarles. ¡Cuántas aventuras viviremos ahora que estamos todos metidos en esto!

CAPÍTULO 5

—◦◦◦—

De vuelta a este lado de la puerta

Como el juego del escondite seguía en marcha, Edmund y Lucy tardaron un poco en localizar a los demás; pero cuando por fin estuvieron todos juntos —lo que sucedió en la habitación grande, donde estaba la armadura— Lucy exclamó:

—¡Peter! ¡Susan! Es todo verdad. Edmund también lo ha visto. Hay un mundo al que se puede llegar a través del armario. Edmund y yo entramos. Nos encontramos allí, en el bosque. Anda, Edmund, cuéntaselo todo.

—¿Qué es todo esto, Ed? —inquirió Peter.

Y ahora llegamos a uno de los puntos más desagradables de esta historia. Hasta aquel momento Edmund se había sentido mareado, malhumorado y molesto con Lucy por haber estado en lo cierto, pero todavía no había decidido qué hacer; sin embargo, cuando de improviso Peter le hizo aquella pregunta decidió al instante hacer lo más mezquino y rencoroso que se le ocurrió. Decidió hacer quedar mal a Lucy.

—Cuéntanos, Ed —dijo Susan.

Y Edmund les dirigió una mirada de tremenda superioridad como si fuera mucho mayor que Lucy, cuando en realidad sólo se llevaban un año, seguida de una risita disimulada y declaró:

—Sí, claro, Lucy y yo hemos estado jugando, fingíamos que su cuento sobre el mundo del armario era cierto. Sólo para divertirnos, claro. En realidad, allí no hay nada.

La pobre Lucy echó una mirada rabiosa a su hermano y salió corriendo de la habitación.

Edmund, que a cada minuto que pasaba se convertía en una persona más malvada, pensó que había conseguido marcarse un tanto, y se apresuró a añadir:

—Ya está otra vez. ¿Qué le sucede? Eso es lo peor de los niños pequeños, siempre...

—Oye —lo interrumpió Peter, volviéndose contra él con ferocidad—, ¡cállate! Te has comportado de un modo atroz con Lu desde que ella empezó esa tontería del armario, y ahora te dedicas a tomarle el pelo y a hacer que vuelva a sacar a relucir el tema. Creo que lo has hecho simplemente para mortificarla.

—¡Eso son tonterías! —repuso Edmund, estupefacto.

—Claro que son tonterías —dijo Peter—, ésa es la cuestión. Lu estaba perfectamente bien cuando nos fuimos de casa, pero desde que llegamos aquí parece que a su cabeza le está pasando algo o que se está convirtiendo en una mentirosa empedernida. Pero sea lo que sea, ¿qué bien crees que le hará si te dedicas a fastidiarla y a burlarte de ella un día y a animarla al siguiente?

—Yo pensaba... pensaba... —empezó Edmund; pero no se le ocurrió nada que decir.

—No pensabas nada —replicó Peter—; es simple ojeriza. Siempre te ha gustado aprovecharte de todos los que son menores que tú; en la escuela haces lo mismo.

—Vamos, déjalo —intervino Susan—, que os peleéis vosotros dos no mejorará las cosas. Vayamos a buscar a Lucy.

A nadie lo sorprendió que cuando encontraron a la niña, bastante más tarde, ésta mostrara huellas de haber estado llorando. Lo que le dijeron no sirvió de nada, porque ella se mantuvo firme en su historia.

—No me importa lo que penséis, y no me importa lo que digáis. Podéis decírselo al profesor o escribir a mamá o hacer lo que os parezca. Sé que he conocido a un fauno allí y... ojalá me hubiera quedado en ese lugar. Todos vosotros sois unos brutos, unos brutos.

Fue una tarde muy desagradable. Lucy se sentía desdichada y Edmund empezaba a darse cuenta de que su plan no funcionaba tan bien como había esperado. Los dos mayores empezaron a pensar en serio que Lucy había perdido el juicio, y se quedaron en el pasillo conversando en susurros hasta mucho después de que ella se hubiera ido a dormir.

El resultado fue que a la mañana siguiente decidieron que irían a contarle todo aquello al profesor.

—Escribirá a papá si cree que a Lucy le pasa algo importante —dijo Peter—; esto se nos escapa de las manos.

De modo que fueron a llamar a la puerta del estudio, y el profesor dijo:

«Adelante». Se levantó y les ofreció unas sillas, y les indicó que se hallaba a su disposición. Luego se sentó a escucharlos juntando las puntas de los dedos y sin interrumpir ni una vez, hasta que finalizaron todo el relato. Tras ello permaneció sin hablar durante un buen rato. Luego carraspeó y dijo lo último que ellos habrían esperado oír:

—¿Cómo sabéis que la historia de vuestra hermana no es cierta?

—Bueno, pues... —empezó Susan, y a continuación se detuvo.

Cualquiera podía ver por la expresión del rostro del anciano que éste hablaba totalmente en serio, de modo que Susan se serenó y siguió:

—Pero Edmund dijo que sólo estaban jugando.

—Ésa es una cuestión —declaró el profesor—, que desde luego hay que tener en cuenta, muy en cuenta. Por ejemplo, si me permitís que os lo pregunte, ¿os lleva vuestra experiencia a considerar a vuestro hermano o a vuestra hermana como el más digno de crédito? Quiero decir, ¿cuál es más veraz?

—Eso es lo más curioso al respecto, señor —dijo Peter—. Hasta ahora, yo habría dicho siempre que era Lucy.

—¿Y qué piensas tú, chiquilla? —inquirió el profesor, volviéndose hacia Susan.

—Bueno —respondió ésta—, en general, yo diría lo mismo que Peter, pero lo que dice no puede ser cierto…, todo eso del bosque y el fauno.

—Eso es más de lo que yo sé —indicó el profesor—, y una acusación de mentir contra alguien a quien siempre habéis considerado sincero es algo muy serio; algo realmente serio.

—Teníamos miedo de que no estuviera mintiendo a propósito —indicó Susan—, pensábamos que a Lucy podría pasarle algo grave.

—¿Locura, queréis decir? —repuso el profesor con bastante frialdad—. Ah, podéis estar tranquilos. Basta con mirarla y hablar con ella para darse cuenta de que no está loca.

—Pero entonces —dijo Susan, y se detuvo, pues nunca había soñado que un adulto pudiera hablar como el profesor y no sabía qué pensar.

—¡Lógica! —dijo el profesor en parte para sí mismo—. ¿Por qué no enseñan lógica en las escuelas de hoy en día? Existen sólo tres posibilidades. O bien vuestra hermana miente, o está loca o dice la verdad. Sabéis que no miente y resulta evidente que no está loca. Por el momento, pues, y a no ser que aparezcan más pruebas, debemos dar por sentado que dice la verdad.

Susan lo miró con fijeza y se sintió muy segura, por la expresión de su rostro, de que no se burlaba de ellos.

—Pero ¿cómo podría ser cierto, señor? —quiso saber Peter.

—¿Por qué dices eso? —inquirió el profesor.

—Bueno, por un motivo —siguió él—, si es real, ¿por qué no encuentra todo el mundo ese país cada vez que va al armario? Quiero decir, cuando miramos no había nada; ni siquiera Lucy vio algo entonces.

—¿Qué tiene eso que ver? —dijo el profesor.

—Bueno, señor, si las cosas son reales, están ahí todo el tiempo.

—¿Ah, sí? —insistió el anciano; y Peter no supo qué decir.

—Pero no hubo tiempo —protestó Susan—. Lucy no tuvo tiempo de ir a ninguna parte, incluso aunque existiera ese lugar. Salió corriendo detrás de nosotros en cuanto estuvimos fuera de la habitación. Fue menos de un minuto, y afirmó haber estado fuera durante horas.

—Eso es justo lo que hace que su historia probablemente sea cierta —repuso el profesor—. Si realmente hay una puerta en esta casa que conduce a otro mundo, y debo advertiros que ésta es una casa muy extraña, y que incluso yo sé muy poco sobre ella, si, como digo, penetró en otro mundo, no me sorprendería en absoluto descubrir que en el Otro Mundo el tiempo fuera distinto del nuestro; de modo que por mucho que estuvieras allí, jamás ocuparías parte de «nuestro» tiempo. Por otro lado, no creo que muchas niñas de su edad pudieran inventar algo así por sí mismas. Si hubiera estado fingiendo, se habría ocultado durante un lapso razonable antes de salir y contar su historia.

—Pero ¿en serio está diciendo, señor —preguntó Peter—, que podría haber otros mundos, por todas partes, justo a la vuelta de la esquina, así como así?

—Nada es más probable —repuso él, quitándose los lentes para, a continuación, empezar a limpiarlos mientras murmuraba para sí—. Me pregunto qué enseñan en la escuela.

—Pero ¿qué podemos hacer? —quiso saber Susan, quien creía que la conversación empezaba a desviarse.

—Mi querida jovencita —contestó el profesor, mirándolos repentinamente a los dos con una expresión muy perspicaz—, existe un plan que nadie ha sugerido aún y que vale la pena poner en marcha.

—¿Cuál? —inquirió ella.

—Intentar no meternos donde no nos llaman —declaró él; y ése fue el final de aquella conversación.

Después de aquello, las cosas fueron mucho mejor para Lucy. Peter se encargó de que Edmund dejara de burlarse de ella, y ni ella ni nadie tuvo ganas de hablar del armario, que se había convertido en un tema bastante incómodo. Así pues, durante un tiempo pareció como si todas las aventuras fueran a terminarse; pero no iba a ser así.

La casa del profesor —sobre la que incluso él sabía tan poco— era tan vieja y famosa que gente de toda Gran Bretaña acostumbraba a pedir permiso para visitarla. Era la clase de casa que aparece en las guías turísticas e incluso en los cuentos; y no era de extrañar, pues se contaban toda clase de cosas sobre ella, algunas más extrañas todavía

que la que te cuento ahora. Y cuando llegaban grupos de visitantes y solicitaban ver la casa, el profesor siempre daba permiso, y la señora Macready, el ama de llaves, los paseaba por ella, hablándoles de los cuadros y los escudos de armas, y de los excepcionales libros de la biblioteca.

A la señora Macready no le gustaban los niños, y no le gustaba que la interrumpieran cuando contaba a las visitas las cosas que sabía; por ese motivo, casi desde el primer día, había dicho a Susan y a Peter, junto con muchas otras instrucciones: «Por favor, recordad que debéis manteneros apartados siempre que acompañe a un grupo a visitar la casa».

«¡Como si alguno de nosotros deseara desperdiciar la mitad de la mañana arrastrándose por ahí con una multitud de adultos desconocidos!», había comentado Edmund entonces, y los otros tres pensaban lo mismo.

Así fue como las aventuras volvieron a iniciarse por tercera vez.

Unas cuantas mañanas más tarde, mientras Peter y Edmund contemplaban la armadura y se preguntaban si podrían desmontarla, las dos niñas entraron corriendo en la habitación y anunciaron:

—¡Cuidado! Aquí viene Macready, y con un grupo enorme.

—¡Hay que desaparecer! —dijo Peter.

Así que los cuatro se marcharon por la puerta situada en el otro extremo de la habitación. Pero cuando salieron a la habitación verde y desde allí, a la biblioteca, oyeron repentinamente voces por delante de ellos, y comprendieron que la señora Macready debía de estar conduciendo al grupo de visitantes por la escalera trasera, y no por la escalera principal, como ellos habían supuesto. Después de eso —tanto porque perdieron la cabeza, o porque la señora Macready intentaba atraparlos, o porque alguna magia de la casa había despertado y los empujaba hacia Narnia— lo cierto fue que pareció como si el grupo los fuera siguiendo a todas partes, hasta que por fin Susan dijo:

—¡Qué lata, esos turistas! Bueno... vamos a la habitación del armario hasta que hayan pasado. Nadie nos seguirá hasta allí.

Sin embargo, nada más entrar, oyeron voces en el pasillo y luego alguien que hurgaba en la puerta; finalmente, el picaporte empezaba a girar.

—¡Rápido! —indicó Peter—. No hay ningún otro sitio. —Y abrió de par en par la puerta del armario.

Los cuatro se introdujeron apresuradamente en su interior y se sentaron allí, jadeantes, en la oscuridad. Peter sujetó la puerta, pero sin cerrarla por completo, pues, desde luego, recordó, como cualquier persona sensata, que uno no debe jamás, jamás, encerrarse en un armario.

CAPÍTULO 6

—⁓〜⁓—

En el interior del bosque

—Ojalá Macready se dé prisa y se lleve a toda esa gente —dijo al cabo de un rato Susan—. Empiezo a sentir unos calambres horribles.

—¡Y qué asqueroso es el olor a bolas de alcanfor —observó Edmund.

—Supongo que los bolsillos de estos abrigos están llenos de bolitas —indicó Susan— para mantener alejadas a las polillas.

—Algo se me está clavando en la espalda —se quejó Peter.

—Y ¿verdad que hace frío? —inquirió Susan.

—Ahora que lo mencionas, sí que hace frío —dijo Peter—, y caramba, además esto está húmedo. ¿Qué le pasa a este lugar? Estoy sentado en algo húmedo, y cada vez está más mojado. —Se incorporó con dificultad.

—Salgamos —sugirió Edmund—. Se han ido.

—¡Aaah! —exclamó Susan repentinamente, y todos le preguntaron qué sucedía—. Estoy sentada contra un árbol —anunció a continuación—, ¡y mirad! Empieza a clarear... por allí.

—¡Por Júpiter, tienes razón! —dijo Peter—, y mirad allí... y allí. Hay árboles por todas partes. Y esta cosa húmeda es nieve. Vaya, creo que al final hemos ido a parar al bosque de Lucy.

Y entonces ya no les cupo la menor duda y los cuatro niños parpadearon bajo la brillante luz de un día de invierno. A su espalda había abrigos colgados en perchas; frente a ellos, árboles cubiertos de nieve.

Peter se volvió inmediatamente hacia Lucy.

—Me disculpo por no haberte creído —dijo—. Lo siento. ¿Nos damos la mano?

—Desde luego —asintió ella, y le dio la mano.

—Y ahora ¿qué hacemos? —intervino Susan.

—¿Hacer? —inquirió Peter—. Pues ir a explorar el bosque, claro.

—¡Uf! —se quejó Susan, dando patadas en el suelo—. Hace mucho frío. ¿Por qué no nos ponemos uno de esos abrigos?

—No son nuestros —respondió Peter en tono dudoso.

—Estoy segura de que a nadie le importará —declaró Susan—; no es como si quisiéramos llevárnoslos de la casa; ni siquiera los vamos a sacar del armario.

—No había pensado en eso, Su —dijo Peter—. Desde luego, tal como lo expones, tienes razón. Nadie puede decir que has robado un abrigo mientras no salga del armario donde lo has encontrado. Y supongo que todo este país está dentro del armario.

Pusieron inmediatamente en práctica el muy sensato plan de Susan. Los abrigos eran demasiado grandes para ellos, de modo que les llegaban hasta los talones y, una vez puestos, se parecían más a mantos reales que a abrigos propiamente dichos. Sin embargo, todos se sintieron mucho más arropados y pensaron que tenían mejor aspecto con su nuevo atuendo y que estaban más en consonancia con el paisaje.

—Podemos fingir que somos exploradores árticos —sugirió Lucy.

—Esto ya resulta bastante emocionante sin tener que fingir nada —declaró Peter, mientras encabezaba la marcha hacia el interior del bosque.

Había gruesos nubarrones oscuros sobre sus cabezas y parecía que iba a nevar aún más antes de anochecer.

—Y digo yo —intervino entonces Edmund—, ¿no deberíamos dirigirnos un poco más a la izquierda, es decir, si es que nos encaminamos hacia el farol?

Había olvidado momentáneamente que debía fingir no haber estado nunca en el bosque, y en cuanto las palabras surgieron de su boca comprendió que se había delatado. Todos se detuvieron; todos lo miraron con asombro. Peter lanzó un silbido.

—Ajá, al final resulta que sí habías estado en este lugar —dijo—, esa vez que Lu dijo que te había encontrado aquí, y nos hiciste creer que mentía.

Se produjo un silencio sepulcral.

—Bien, pues de todas las alimañas ponzoñosas... —empezó Peter, y se encogió de hombros y no dijo nada más.

Realmente, no parecía que hubiera nada más que decir, y al poco tiempo, los cuatro reanudaron el viaje; pero Edmund iba diciendo para sí: «Ya me las pagaréis todos vosotros por esto, pandilla de engreídos y presumidos pedantes».

—¿Y adónde vamos, si puede saberse? —preguntó Susan, principalmente para cambiar de tema de conversación.

—Creo que Lu debería ser la guía —sugirió Peter—; además se lo merece. ¿Adónde quieres llevarnos, Lu?

—¿Qué os parece si vamos a ver al señor Tumnus? —propuso ella—. Es el simpático fauno del que os hablé.

Todos estuvieron de acuerdo y hacia allí se encaminaron, andando a buen paso y golpeando fuerte con los pies en el suelo. Lucy demostró ser una buena guía. Al principio se preguntó si sería capaz de encontrar el camino, pero reconoció un árbol de aspecto curioso en un lugar y un tronco en otro, y los condujo al punto donde el terreno se

tornaba accidentado y al interior del pequeño valle hasta llegar por fin ante la misma puerta de la cueva del señor Tumnus. Allí los aguardaba una terrible sorpresa.

La puerta había sido arrancada de los goznes y hecha pedazos, y en el interior, la cueva estaba oscura y fría y despedía el olor a humedad propio de un lugar en el que no ha vivido nadie durante varios días. Por la entrada abierta había penetrado nieve que se había amontonado en el suelo, mezclada con algo negro, que resultaron ser las ramas carbonizadas y las cenizas del fuego de la chimenea. Al parecer, alguien lo había esparcido por la habitación y luego lo había apagado a pisotones. La vajilla estaba destrozada por el suelo y habían acuchillado el cuadro del padre del fauno hasta hacerlo trizas.

—Vaya embrollo —dijo Edmund—, no ha servido de gran cosa venir aquí.

—¿Qué es esto? —inquirió Peter, que acababa de descubrir un trozo de papel que habían clavado en el suelo a través de la alfombra.

—¿Hay algo escrito? —quiso saber Susan.

—Sí, creo que sí —respondió Peter—, pero no puedo leerlo con tan poca luz. Salgamos al aire libre.

Salieron todos a la luz del día y se amontonaron alrededor del niño mientras éste leía en voz alta lo siguiente:

El anterior ocupante de este lugar, el fauno Tumnus, está bajo arresto y aguardando juicio por la acusación de alta traición contra Su Majestad Imperial Jadis, Reina de Narnia, Castellana de Cair Paravel, Emperatriz de las Islas Solitarias, etc.; también se lo acusa de haber dado

alimento a los enemigos de dicha Majestad, haber aloja-
do espías y confraternizado con humanos.

Firmado: MAUGRIM, capitán de la policía secreta

¡LARGA VIDA A LA REINA!

Los niños se miraron fijamente entre sí.

—No sé si me va a gustar este sitio —declaró
Susan.

—¿Quién es esta reina, Lu? —preguntó Peter—.
¿Sabes algo sobre ella?

—No es una reina de verdad —respondió ella—;
es una bruja horrible, la Bruja Blanca. Todos, absolutamente todos los habitantes del bosque la
odian. Ha lanzado un hechizo sobre todo el país
de modo que aquí siempre es invierno pero nunca
llega la Navidad.

—Me... me pregunto si sirve de algo seguir adelante —indicó Susan—. Quiero decir que este
lugar no parece precisamente seguro y tampoco
creo que resulte muy divertido. Además, cada vez
hace más frío y no hemos traído nada para comer.
¿Y si regresáramos a casa?

—No, no podemos —contestó Lucy de repente—, ¿no os dais cuenta? No podemos regresar a
casa tan tranquilamente después de haber visto
esto. Por mi culpa el pobre fauno se ha metido en
este lío. Me escondió de la bruja y me mostró el

camino de vuelta. Eso es lo que significa haber dado alimento a los enemigos de la reina y confraternizado con humanos. Debemos intentar rescatarlo.

—¡Pues no creo que podamos hacer mucho! —exclamó Edmund—. ¡Si ni siquiera tenemos comida!

—¡Cállate! —ordenó Peter, que seguía muy enojado con su hermano—. ¿Qué piensas tú, Susan?

—Tengo la horrible sensación de que Lu tiene razón. No quiero dar ni un paso más y pienso que ojalá no hubiéramos venido nunca; pero creo que debemos intentar hacer algo por el señor... Comosellame, quiero decir, el fauno.

—Eso mismo pienso yo —declaró Peter—, aunque me preocupa que no tengamos comida. Yo votaría por que regresáramos y preparásemos una bolsa con comida, pero no existe ninguna certeza de que podamos volver a este país una vez que hayamos salido de él. Creo que debemos seguir adelante.

—Yo también —dijeron las dos niñas a la vez.

—¡Si al menos supiéramos dónde está encarcelado el pobre fauno! —dijo Peter.

Todos se preguntaban qué hacer a continuación cuando Lucy exclamó:

—¡Mirad! Allí hay un petirrojo, con el pecho de lo más colorado. Es el primer pájaro que he visto aquí. ¡Lo juro! Me pregunto si los pájaros hablan en Narnia. Parece que quiere decirnos algo.

—Se volvió entonces hacia el petirrojo y dijo—: Por favor, ¿puedes decirnos adónde han llevado a Tumnus, el fauno?

Mientras lo decía dio un paso en dirección al pájaro, y éste echó a volar al instante pero sólo hasta el siguiente árbol. Se quedó posado allí y los contempló con suma atención como si comprendiera todo lo que habían estado diciendo. Casi sin darse cuenta de que lo hacían, los cuatro niños dieron un paso o dos hacia él. Ante aquello el petirrojo volvió a alzar el vuelo de nuevo hasta el siguiente árbol y de nuevo los miró con mucha atención, y puedo asegurar que no se podría haber encontrado otro petirrojo con un pecho más encarnado o unos ojos más brillantes.

—Sabéis —indicó Lucy—, la verdad es que creo que quiere que lo sigamos.

—Me da la impresión de que así es —corroboró Susan—. ¿Qué crees tú, Peter?

—Bueno, podríamos probarlo —respondió él.

El petirrojo pareció comprender perfectamente la cuestión, pues siguió moviéndose de árbol en árbol, siempre unos pocos metros por delante de ellos, pero tan cerca que podían seguirlo con facilidad. De aquel modo los condujo colina abajo. Cada vez que el ave se posaba caía una menuda lluvia de nieve de la rama. Al poco rato las nubes se abrieron sobre sus cabezas, el sol invernal hizo su aparición y la blancura que los rodeaba empezó a brillar con un fulgor deslumbrante. Llevaban viajando de aquel modo una media hora, con las dos niñas delante, cuando Edmund dijo a Peter:

—Si todavía no eres demasiado importante y poderoso para hablar conmigo, tengo algo que decirte que sería mejor que escuchases.

—¿Qué es?

—¡Chist! No tan alto —advirtió Edmund—; de nada sirve asustar a las chicas. Pero ¿te has dado cuenta de lo que estamos haciendo?

—¿Qué? —inquirió Peter, bajando la voz hasta convertirla en un susurro.

—Estamos siguiendo a un guía sobre el que lo desconocemos todo. ¿Cómo sabes de qué lado está ese pájaro? ¿Qué te hace pensar que no pretende conducirnos hasta una trampa?

—Esa idea es repugnante. Además... es un petirrojo, ya sabes. Son pájaros buenos en todos los cuentos que he leído. Estoy seguro de que un petirrojo no estaría del lado equivocado.

—Con respecto a eso, ¿cuál es el lado correcto? ¿Cómo sabemos que los faunos están del lado bueno y la reina, sí, ya sé que nos han dicho que es una bruja, pero cómo sabemos que está del lado malo? En realidad, no sabemos nada de ninguno de los dos.

—El fauno salvó a Lucy.

—Él «dijo» que lo hizo. Pero ¿cómo lo sabemos? Y otra cosa: ¿alguien tiene la menor idea de cómo se regresa a casa desde aquí?

—¡Santo cielo! —exclamó Peter—. No lo había pensado.

—Y sin posibilidades de cenar, además —apostilló Edmund.

CAPÍTULO 7

Un día con los castores

Mientras los dos muchachos cuchicheaban a sus espaldas, las dos niñas gritaron de repente «¡No!» y se detuvieron.

—¡El petirrojo! —exclamó Lucy—. El petirrojo se ha ido volando.

Y desde luego lo había hecho; había desaparecido de su vista.

—Y ¿ahora qué vamos a hacer? —dijo Edmund, lanzando a Peter una mirada que significaba: «¿Qué te dije?».

—¡Chist! ¡Mirad! —indicó Susan.

—¿Qué? —preguntó Peter.

—Algo se mueve entre los árboles, allí, a la izquierda.

Todos miraron con suma atención y se inquietaron un poco.

—Ahí está —dijo Susan al cabo de un instante.

—Yo también lo he visto —corroboró Peter—.
Sigue ahí. Está justo detrás de ese árbol grande.

—¿Qué es? —preguntó Lucy, haciendo un gran
esfuerzo para no parecer nerviosa.

—Sea lo que sea —dijo Peter—, nos está evitan-
do. Es algo que no quiere ser visto.

—Vámonos a casa —propuso Susan.

Y entonces, a pesar de que nadie lo dijo en voz
alta, todos comprendieron de improviso lo que
Edmund había susurrado a Peter al final del capítulo anterior. Se habían perdido.

—¿Qué aspecto tiene? —quiso saber Lucy.

—Es... es una especie de animal —respondió
Susan; y a continuación—. ¡Mirad! ¡Mirad! ¡De
prisa! Ahí está.

Todos lo vieron entonces: un rostro peludo y bi-
gotudo que se asomó para mirarlos desde detrás

de un árbol. Sin embargo, en esa ocasión no se retiró inmediatamente; en lugar de eso, se llevó la pata a la boca igual que los humanos se llevan el dedo a los labios cuando quieren indicar que permanezcas en silencio. Luego volvió a desaparecer. Los niños se quedaron inmóviles conteniendo el aliento.

Al cabo de un momento el desconocido salió por detrás del árbol, dirigió una veloz mirada a su alrededor como si temiera que alguien estuviera espiando y dijo:

—Chist.

A continuación les hizo señas para que se reunieran con él en la parte más espesa del bosque, donde se encontraba, y volvió a desaparecer.

—Sé lo que es —anunció Peter—; es un castor. Le he visto la cola.

—Quiere que vayamos hacia donde está él —dijo Susan—, y nos advierte que no hagamos el menor ruido.

—Lo sé —asintió Peter—. La cuestión es: ¿vamos hacia él o no? ¿Qué te parece, Lu?

—Parece un castor muy simpático —respondió Lucy.

—Sí, pero ¿cómo sabemos que lo es? —inquirió Edmund.

—¿No tendríamos que arriesgarnos? —dijo Susan—. Quiero decir, de nada sirve quedarse aquí, y tengo muchas ganas de cenar.

En aquel momento el castor volvió a sacar la cabeza por detrás del árbol y les hizo enérgicas señas para que se acercaran.

—Vamos —decidió Peter—, hagamos la prueba. Quedaos todos muy juntos. Deberíamos ser dignos rivales para un castor si resulta ser un enemigo.

Así que los niños se apelotonaron, avanzaron hasta el árbol y lo bordearon, y allí, efectivamente, encontraron al castor; pero éste retrocedió aún más, a la vez que les decía en un susurro ronco y gutural:

—Más adentro, más adentro. Justo aquí. ¡No estamos a salvo en campo abierto!

Sólo cuando los hubo conducido hasta un lugar oscuro donde cuatro árboles crecían tan juntos que sus ramas se entrelazaban y bajo los pies se podía distinguir la tierra marrón y las agujas de las coníferas debido a que ni un copo de nieve había conseguido caer allí, empezó a hablarles.

—¿Sois los Hijos de Adán y las Hijas de Eva? —preguntó.

—Bueno, somos algunos de ellos —respondió Peter.

—¡Chissst! —dijo el castor—. No tan fuerte, por favor. No estamos seguros ni siquiera aquí.

—¿Por qué, de quién tiene miedo? —dijo Peter—. No hay nadie aparte de nosotros.

—Están los árboles —respondió él—. Siempre están escuchando. La mayoría está de nuestro bando, pero existen árboles que nos entregarían a «ella»; ya sabéis a quién me refiero. —Y movió afirmativamente la cabeza varias veces.

—Si hablamos de bandos —intervino Edmund—, ¿cómo sabemos que es nuestro amigo?

—No es nuestra intención ser groseros, señor Castor —añadió Peter—, pero como comprenderá, somos forasteros.

—Muy cierto, muy cierto —respondió el castor—. He aquí mi prueba.

Dicho aquello les tendió un pequeño objeto blanco. Todos lo contemplaron con sorpresa, hasta que de repente Lucy dijo:

—Oh, claro. Es mi pañuelo; el que entregué al pobre señor Tumnus.

—Es cierto —asintió el castor—. Pobre muchacho, se enteró del arresto antes de que sucediera y me entregó esto. Dijo que si le sucedía algo debía encontrarme contigo aquí y conducirte a...

Llegado a aquel punto la voz del animal se apagó y les dedicó uno o dos misteriosos movimientos de cabeza. Luego, haciendo una señal a los niños para que lo rodearan tan de cerca como pudieran, de modo que sus bigotes les hicieron cosquillas en el rostro, añadió en un susurro apenas audible:

—Dicen que Aslan está en camino; puede que haya llegado ya.

Entonces sucedió algo muy curioso. Ninguno de los niños sabía quién era Aslan, igual que tú; pero en cuanto el castor hubo pronunciado aquellas palabras todos se sintieron distintos. Tal vez te ha sucedido alguna vez al soñar que alguien dice algo que no entiendes pero en el sueño parece como si tuviera un enorme significado; puede ser un sentido aterrador, que convierte todo el sueño en una pesadilla o, por el contrario, uno demasiado magnífico para poder expresarlo con palabras, que convierte el sueño en algo tan hermoso que uno lo recuerda toda la vida y siempre desea repetirlo. Ante la mención del nombre «Aslan» todos y cada uno de los niños sintieron una especie de sobresalto en su interior. Para Edmund fue una sensación de misterioso horror;

Peter se sintió repentinamente valeroso y aventurero; a Susan le pareció como si algún aroma exquisito o un acorde de deliciosa música hubiera pasado flotando junto a ella; y Lucy tuvo la misma impresión que uno tiene cuando despierta por la mañana y se da cuenta de que empiezan las vacaciones o el verano.

—Y ¿qué hay del señor Tumnus? —preguntó Lucy—; ¿dónde está?

—Chist —dijo el castor—, aquí no. Debo llevaros a un lugar donde podamos tener una auténtica conversación y, de paso, cenar.

Nadie, excepto Edmund, tuvo la menor dificultad entonces en confiar en el castor, y todos, incluido Edmund, se sintieron muy contentos al escuchar la palabra «cenar». Por consiguiente todos apresuraron el paso tras su nuevo amigo, que los condujo a un ritmo sorprendentemente rápido, y siempre por las zonas más espesas del bosque, durante más de una hora. Todos comenzaban a sentirse muy cansados y hambrientos cuando de improviso los árboles empezaron a ser más escasos frente a ellos y el terreno descendió en una pronunciada pendiente. Al cabo de un minuto salieron a cielo abierto, con el sol brillando aún, y ante sus ojos apareció un magnífico panorama.

Estaban de pie en el borde de un valle escarpado y estrecho, por cuyo fondo discurría —al menos habría fluido de no haber estado congelado— un río bastante grande. Justo debajo de donde estaban se había construido un dique a través del río, y cuando lo vieron, todos recordaron de improviso que los castores se pasan la vida construyendo diques y tuvieron casi la completa seguridad de que el señor Castor había construido aquél. También observaron que en ese momento su compañero lucía una especie de expresión humilde; la clase de expresión que muestra cualquiera cuando alguien visita un jardín que ha creado o lee un relato que ha escrito. Así pues no fue más que simple cortesía normal y corriente que Susan dijera:

—¡Qué dique más bonito!

Y el señor Castor no la hizo callar en aquella ocasión sino que dijo:

—¡Una simple fruslería! ¡Una simple fruslería! ¡Y en realidad no está terminado!

Por encima del dique había lo que debía de haber sido un profundo estanque pero que en aquel momento era, desde luego, una superficie lisa de hielo color verde oscuro; y en la parte inferior del dique, mucho más abajo, había más hielo, pero en lugar de ser liso, aquél mostraba, bajo un aspecto congelado, las ondulaciones y amontonamientos de espuma que había tenido la corriente de agua cuando llegó la helada. Y en los puntos donde el agua había rebosado y chorreado por encima del dique se veían relucientes paredes de carámbanos, como si todo el lado del dique hubiera estado cubierto por completo de flores, coronas y guirnaldas del azúcar más puro. En el centro, y parcialmente sobre la parte superior del dique, había una curiosa casita con una forma que recordaba a una colmena enorme, y de un agujero de su techo escapaba una columna de humo, de modo que cuando uno la veía —en especial si uno se sentía hambriento— pensaba al instante en guisos y se sentía más hambriento aún.

Aquello fue lo que los otros observaron principalmente, pero Edmund vio algo más. Un poco más abajo del río había otro río pequeño que descendía de otro valle para unirse a aquél; y al alzar la vista hacia el valle, Edmund distinguió dos colinas bajas, y estuvo casi seguro de que eran las dos colinas que la Bruja Blanca le había mostrado cuando se separó de ella en el farol aquel día. Por lo tanto entre ellas, se dijo, debía de estar su palacio, a sólo un kilómetro y medio o incluso menos. Se puso a pensar entonces en las delicias turcas y en la idea de convertirse en rey —preguntándose al mismo tiempo qué le parecería aquello a Peter—, y una serie de horribles ideas acudieron a su mente.

—Ya hemos llegado —anunció el señor Castor—, y parece que la señora Castor nos está esperando. Yo iré delante; pero tened cuidado y no resbaléis.

La parte superior del dique tenía anchura suficiente para poder andar por encima, aunque no resultaba, para los humanos, un lugar agradable por el que pasar, pues estaba cubierta de hielo, y a

pesar de que el embalse helado estaba a su misma altura por un lado, había un tremendo desnivel hasta el río, situado al otro lado. Por aquella ruta,

el señor Castor los condujo
en fila india hasta la parte
central, desde donde podían
contemplar un buen trecho
río arriba y también otro
buen trecho río abajo. Una
vez allí se encontraron ante
la puerta de la casa.

—Ya estamos aquí,
señora Castor —dijo el
señor Castor—. Los he
encontrado. Aquí están los
Hijos de Adán y las Hijas de Eva...

Y todos entraron.

Lo primero que advirtió Lucy fue un zumbido,
y lo primero que vio fue a una anciana castor de
aspecto benévolo sentada en una esquina con un
hilo en la boca, muy atareada con su máquina de
coser, y era de aquella máquina de donde provenía el sonido. La señora Castor interrumpió su tra-
bajo y se puso de pie en cuanto entraron los niños.

—¡Así que por fin habéis venido! —dijo, extendiendo sus dos ancianas y arrugadas patas—.
¡Por fin! ¡Pensar que he vivido para ver este día!
Las batatas están hirviendo y la tetera silbando, y
quizá el señor Castor pueda conseguirnos algo de
pescado...

—Ya lo creo —respondió él.

Salió de la casa, acompañado por Peter, y cruzó la helada superficie del profundo estanque hasta el lugar donde tenía un agujerito en el hielo que mantenía abierto cada día con su pequeña hacha. Llevaron también un balde con ellos. El señor Castor se sentó en silencio en el borde de agujero, sin que pareciera importarle que estuviera tan helado, miró con fijeza al interior, introdujo luego, de improviso, una zarpa, y en un santiamén ya había sacado una hermosa trucha. Luego volvió a repetir la operación hasta que obtuvieron un buen botín de peces.

Entretanto, las chicas ayudaron a la señora Castor a llenar la tetera, a poner la mesa, a cortar el pan, a colocar los platos en el horno para calentarlos, a llenar una enorme jarra de cerveza para el señor Castor de un barril situado en una esquina de la casa, a poner la sartén en el fuego y a calentar la grasa. Lucy se dijo que los castores poseían una casita muy confortable aunque no se parecía en nada a la cueva del señor Tumnus. No había libros ni cuadros, y en lugar de camas había literas, igual que a bordo de un barco, empotradas en la pared. Y había jamones y ristras de cebollas colgando del techo, y apoyados en las paredes había botas de goma, impermeables, hachas pequeñas, pares de tijeras grandes, palas, paletas, cosas para transportar argamasa, redes de pesca y sacos. Y el mantel de la mesa, aunque muy limpio, era muy tosco.

La sartén empezaba a sisear alegremente, cuando Peter y el señor Castor entraron con el pescado que este último ya había abierto con su cuchillo y limpiado en el exterior. Es fácil imaginar lo bien que olía el pescado recién capturado mientras lo freían, el modo en que los niños ansiaban que estuviera listo y cómo había aumentado su hambre antes de que su anfitrión dijera por fin:

—Bien, ya casi está.

Susan escurrió las batatas y volvió a colocarlas en la olla vacía para que se secaran a un lado de los fogones mientras Lucy ayudaba a la señora Castor a servir las truchas, de modo que en pocos minutos todos acercaron sus taburetes —que eran todos de tres patas a excepción de la mecedora especial de la señora Castor situada ante la chimenea— y se prepararon para degustar una magnífica comida. Había una jarra de cremosa leche para los niños —el señor Castor prefirió la cerveza— y un gran trozo de mantequilla de color amarillo oscuro en medio de la mesa de la que todos tomaron cuanta quisieron para acompañar las batatas, y todos los niños pensaron —y yo estoy de acuer-

do con ellos— que no hay nada mejor que un buen pescado de agua dulce si uno se lo come recién capturado y recién salido de la sartén. Cuando terminaron el pescado la señora Castor sacó inesperadamente del horno un pastel de mermelada enorme y maravillosamente acaramelado, humeante aún, y al mismo tiempo colocó la tetera en el fuego, de modo que cuando hubieran terminado el postre, el té estuviera hecho y listo para ser servido. Y cuando todos tuvieron su taza de té, todos empujaron hacia atrás el taburete para poder recostarse contra la pared, y profirieron un largo suspiro de satisfacción.

—Y ahora —dijo el señor Castor, apartando la jarra de cerveza vacía a la vez que acercaba una taza de té—, si esperáis a que encienda mi pipa y suelte unas pocas bocanadas, iremos al grano. Vuelve a nevar —añadió, echando un vistazo a la ventana—. Es mucho mejor, porque significa que no tendremos visitantes; y si alguien intentaba seguiros, pues ya no encontrará huella alguna.

CAPÍTULO 8

Lo que sucedió después de cenar

—Y ahora —dijo Lucy—, cuéntenos por favor qué le ha sucedido al señor Tumnus.

—Ah, eso es terrible —respondió el señor Castor, sacudiendo la cabeza—. Es algo peor que terrible. No hay duda de que se lo ha llevado la policía. Me lo contó un pájaro que lo había presenciado todo.

—Pero ¿adónde lo han llevado? —inquirió Lucy.

—Bueno, se dirigían al norte cuando los vieron por última vez, y todos sabemos lo que eso significa.

—No, «nosotros» no lo sabemos —intervino Susan, y el señor Castor movió la cabeza con gran pesadumbre.

—Me temo que significa que lo llevaban a casa de «ella» —respondió.

—Pero ¿qué le harán, señor Castor? —inquirió Lucy casi sin aliento.

—Bueno, no se sabe con exactitud; pero muchos de los que han entrado allí no han vuelto a salir jamás. Estatuas. Dicen que la casa está llena de estatuas; en el patio, escaleras arriba, en el vestíbulo. Es gente que ha convertido... —hizo una pausa y se estremeció—, que ella ha convertido en piedra.

—Pero, señor Castor —dijo Lucy—, ¿no podemos?... quiero decir, ¡«debemos» hacer algo para salvarlo! Esto es espantoso y es todo por mi culpa.

—No pongo en duda que lo salvarías si pudieras, querida —intervino la señora Castor—, pero no tienes la menor posibilidad de entrar en esa casa en contra de su voluntad y salir con vida.

—¿No podríamos idear alguna estratagema? —sugirió Peter—. Es decir, no podríamos disfrazarnos de algo, o fingir ser, pues, buhoneros o algo parecido, o montar guardia hasta que ella salga... o... ¡Cielos, debe de existir algún modo! Este fauno salvó a mi hermana por su cuenta y riesgo, señor Castor. No podemos dejar que lo conviertan... que... que le hagan eso.

—No sirve de nada, Hijo de Adán —dijo el señor Castor—, no sirve de nada que lo intentéis vosotros, precisamente. Sin embargo, ahora que viene Aslan...

—¡Sí, sí! ¡Háblenos de Aslan! —exclamaron varias voces a la vez; pues de nuevo aquella extraña sensación (como las primeras señales de la primavera, como la llegada de buenas noticias) los había embargado.

—¿Quién es Aslan? —preguntó Susan.

—¿Aslan? —dijo el señor Castor—. Vaya, ¿es que no lo sabéis? Es el rey. Es el señor de todo el bosque, pero no anda por aquí a menudo, ¿comprendéis? Yo no lo he visto nunca, y tampoco estuvo en tiempos de mi padre. Pero nos ha llegado la noticia de que ha regresado. Está en Narnia en estos momentos. Él pasará cuentas a la Bruja Blanca. Es él, no vosotros, quien salvara al señor Tumnus.

—¿No lo convertirá también en piedra? —quiso saber Edmund.

—¡Por el amor de Dios, Hijo de Adán, vaya tontería la que has dicho! —respondió el señor Castor con una sonora carcajada—. ¿Convertirlo en piedra a «él»? Si es capaz de mantenerse en pie y mirarlo a la cara será lo máximo que pueda hacer y más de lo que espero de ella. No, no. Él lo arreglará todo, tal como dice un antiguo verso de por aquí:

La injusticia verá su fin,
cuando Aslan vuelva por aquí

con su potente rugido,
las penas habrán desaparecido,
en cuanto los colmillos muestre,
el invierno estará herido de muerte,
y cuando agite la melena,
regresará la primavera.

»Lo comprenderéis cuando lo veáis.

—Pero ¿lo veremos? —preguntó Susan.

—Pues claro, Hija de Eva, para eso os he traído aquí. He de conduciros al lugar donde os encontraréis con él —respondió el señor Castor.

—¿Es... es un hombre? —preguntó Lucy.

—¡Un hombre! —exclamó el señor Castor con severidad—. Desde luego que no. Os digo que es el rey del bosque y el hijo del gran Emperador de Allende los Mares ¿No sabéis quién es el Rey de las Bestias? Aslan es un león, el león, el gran león.

—¡Ooh! —dijo Susan—. Pensaba que era un hombre. ¿No es peligroso? Me pone un poco nerviosa la idea de encontrarme con un león.

—Lo entiendo, querida, y es comprensible —indicó la señora Castor—, si existe alguien capaz de presentarse ante Aslan sin que le tiemblen las rodillas, o bien es más valiente que la mayoría o es sencillamente un necio.

—Entonces ¿es peligroso? —dijo Lucy.

—¿Peligroso? —contestó el señor Castor—. ¿No has oído lo que ha dicho la señora Castor? ¿Quién ha dicho que no sea peligroso? Claro que es peligroso. Pero es bueno. Es el rey, ya os lo he dicho.

—Estoy deseando verlo —indicó Peter—, aunque me sienta asustado cuando llegue el momento.

—Eso es, Hijo de Adán —declaró el señor Castor, dejando caer la pata sobre la mesa con un estrépito que sacudió todas las tazas y los platos—. Así es como te sentirás. Ha llegado el mensaje de que debéis encontraros con él mañana si podéis, en la Mesa de Piedra.

—¿Dónde está eso? —preguntó Lucy.

—Os lo mostraré —contestó él—. Se encuentra río abajo, a una buena distancia de aquí. ¡Os acompañaré hasta allí!

—Pero mientras tanto, ¿qué pasa con el pobre señor Tumnus? —siguió Lucy.

—El modo más rápido de poder ayudarle es que vayáis a ver a Aslan —afirmó su anfitrión—. En cuanto esté con nosotros, podremos empezar a hacer cosas. Aunque vosotros también sois importantes; otro de esos antiguos versos dice:

Cuando el Hijo de Adán en carne y hueso
en el trono de Cair Paravel esté sentado,
los malos tiempos habrán acabado.

»De modo que las cosas deben de estar acercándose a su fin ahora que él ha venido y vosotros también. Hemos oído hablar de la llegada de Aslan a estas tierras otras veces, hace mucho tiempo, tanto que nadie puede decir cuándo fue. Pero nunca se había visto a alguien de vuestra raza por aquí.

—Eso es lo que no comprendo, señor Castor —dijo Peter—. Quiero decir, ¿acaso no es humana la bruja?

—A ella le gustaría que lo creyéramos —respondió él—, y en eso basa su pretensión de ser reina. Pero no es una Hija de Eva. Desciende de la primera esposa de vuestro padre Adán —aquí el señor Castor realizó una inclinación de cabeza—, aquella a la que llamaban Lilith, y que pertenecía a la raza de los genios. De ahí es de donde proviene ella por una parte, y por la otra, de los gigantes. No, no, no existe ni una gota de sangre humana en la bruja.

—Por ese motivo es mala de los pies a la cabeza, señor Castor —corroboró su esposa.

—Muy cierto, señora Castor —repuso él—. Pueden existir dos puntos de vista respecto a los humanos, y con ello no es mi intención ofender a los aquí presentes, pero no existen dos puntos de vista sobre cosas que parecen humanas y no lo son.

—He conocido enanos buenos —comentó la señora Castor.

—También yo, ahora que lo mencionas —repuso su esposo—, pero realmente pocos, y son los que se parecen menos a los hombres. Pero en general, podéis seguir mi consejo, cuando os encontréis con algo que tiende a ser humano pero todavía no lo es, o que había sido humano en el pasado y ya no lo es, o debería ser humano y no lo es, no lo perdáis de vista y buscad vuestra hacha. Y por eso mismo la bruja siempre está al acecho por si aparecen humanos en Narnia. Lleva muchos años esperando vuestra llegada, y si supiera que sois cuatro sería mucho más peligrosa aún.

—¿Qué tiene eso que ver? —preguntó Peter.

—Es debido a otra profecía —dijo el señor Castor—. Allá en Cair Paravel, que es el castillo situado en la costa junto a la desembocadura de este río que debería ser la capital de todo el país si las cosas fueran como deben ser, allá en Cair Paravel hay cuatro tronos y existe un refrán en Narnia desde tiempo inmemorial que dice que cuando dos Hijos de Adán y dos Hijas de Eva se sienten en esos cuatro tronos, llegará el fin no tan sólo del reinado de la Bruja Blanca sino también de su vida, y por eso tuvimos que ser tan cautelosos cuando vinimos, pues si conociera la existencia de vosotros cuatro, ¡vuestras vidas durarían menos que un movimiento de mis bigotes!

Los niños habían estado tan pendientes de lo que les decía el señor Castor, que no se habían dado cuenta de nada más durante un buen rato. Entonces, durante el momento de silencio que siguió a su último comentario, Lucy dijo de repente:

—Vaya, ¿dónde está Edmund?

Se produjo un espantoso silencio, y luego todos empezaron a preguntar: «¿Quién lo ha visto por última vez? ¿Cuánto rato hace que ha desaparecido? ¿Está fuera?», y todos se precipitaron a la puerta y miraron al exterior. La nieve caía con fuerza y sin parar, el hielo verde del embalse había desaparecido bajo un grueso manto blanco, y desde donde se hallaba la casita en el centro del dique apenas se podían ver las orillas. Salieron, hundiéndose hasta los tobillos en la blanda nieve recién caída, y rodearon la casa en todas direcciones. «¡Edmund! ¡Edmund!», llamaron hasta quedarse roncos. Sin embargo, la nieve que caía silenciosa parecía amortiguar sus voces y ni siquiera les llegó el eco como respuesta.

—¡Qué horror! —dijo Susan cuando por fin entraron llenos de desesperación—. ¡Ojalá no hubiéramos venido nunca!

—¿Qué diablos vamos a hacer, señor Castor? —preguntó Peter.

—¿Hacer? —respondió éste, que se calzaba ya sus botas de nieve—. ¿Hacer? Debemos partir al instante. ¡No tenemos un momento que perder!

—Será mejor que nos dividamos en cuatro grupos de rescate —sugirió Peter—, y marchemos todos en distintas direcciones. Quien lo encuentre debe regresar aquí al momento y...

—¿Grupos de rescate, Hijo de Adán? ¿Para qué?

—Pues ¡para buscar a Edmund, claro!

—No sirve de nada ir en su busca —declaró el señor Castor.

—¿Qué quiere decir? —inquirió Susan—. No puede haber ido muy lejos. Y tenemos que encontrarlo. ¿A qué se refiere cuando dice que no sirve de nada ir en su busca?

—El motivo por el que no sirve de nada buscarlo —explicó éste—, ¡es que ya sabemos adónde ha ido! —Todos lo contemplaron estupefactos—. ¿No lo comprendéis? Ha ido a verla, a ver a la Bruja Blanca. Nos ha traicionado a todos.

—¡Sí, claro!... ¡Oh, vamos, señor Castor! —protestó Susan—, no puede haber hecho algo así.

—¿Que no puede? —dijo el señor Castor.

Miró fijamente a los tres niños, y todo lo que éstos querían decir murió en sus labios, pues, de improviso, todos se sintieron más que convencidos de que aquello era exactamente lo que Edmund había hecho.

—Pero ¿conocerá el camino? —inquirió Peter.

—¿Ha estado antes en este país? ¿Ha estado alguna vez aquí solo?

—Sí —contestó Lucy, casi en un susurro—. Me temo que sí.

—¿Y os contó qué había hecho o a quién había conocido?

—Pues, no, no lo hizo —respondió la niña.

—En ese caso escuchad con mucha atención —dijo el señor Castor—: ha conocido ya a la Bruja Blanca y se ha unido a su bando, y sabe dónde vive. No quise mencionarlo antes, pues es vuestro hermano y todo eso, pero en cuanto le puse la vista encima a ese hermano vuestro me dije: «Es un traidor». Tenía la expresión de alguien que ha estado con la bruja y probado su comida. Siempre los distingues si has vivido suficiente tiempo en Narnia; hay algo en sus ojos.

—Da lo mismo —dijo Peter con voz algo ahogada—, tenemos que ir en su busca de todos modos. Es nuestro hermano, al fin y al cabo, aunque se comporte de un modo tan repugnante. Y no es más que un niño.

—¿Ir a la casa de la bruja? —exclamó la señora Castor—. ¿No os dais cuenta de que la única posibilidad que tenéis de salvarlo a él o a vosotros es que os mantengáis lejos de ella?

—¿A qué se refiere? —preguntó Lucy.

—Pues que lo que más desea es teneros a los cuatro, ya que se pasa todo el tiempo pensando en esos cuatro tronos de Cair Paravel. En cuanto los cuatro estéis dentro de su casa, su objetivo se habrá cumplido..., y habrá cuatro nuevas estatuas en su colección antes de que hayáis tenido tiempo de decir nada. Pero a él lo mantendrá con vida mientras sea al único que tiene en su poder, porque querrá utilizarlo como señuelo; como cebo para atraparos al resto.

—Pero ¿es que no puede ayudarnos nadie? —gimió Lucy.

—Únicamente Aslan —declaró el señor Castor—. Debemos seguir adelante y reunirnos con él. Ahora no nos queda otra opción.

—Me parece, queridos míos —dijo la señora Castor—, que es muy importante saber exactamente «cuándo» se escabulló. Cuanto pueda contar depende de cuánto escuchó. Por ejemplo, ¿habíamos empezado a hablar de Aslan antes de que se marchara? Si no, entonces podemos utilizarlo en nuestro favor, porque ella no sabrá que Aslan ha llegado a Narnia, ni que vamos a reunirnos con él, y la pillaremos desprevenida respecto a «eso».

—No recuerdo que estuviera aquí cuando hablábamos sobre Aslan... —empezó a decir Peter, pero Lucy lo interrumpió.

—Sí, sí estaba —dijo muy abatida—, ¿no recuerdas que fue él quién preguntó si la bruja no podría convertir a Aslan también en piedra?

—Sí lo hizo —corroboró Peter—; además, ¡ese comentario es propio de él!

—La cosa se pone cada vez peor —declaró el señor Castor—, y lo siguiente es esto: ¿Estaba aún aquí cuando os dije que el lugar del encuentro con Aslan era la Mesa de Piedra?

Y, claro está, nadie sabía la respuesta a aquella pregunta.

—Porque, si estaba —prosiguió su anfitrión—, ella se limitará a descender con su trineo en esa dirección y a colocarse entre nosotros y la Mesa de

Piedra y nos atrapará cuando bajemos. De hecho, quedaremos separados de Aslan.

—Pero eso no será lo primero que haga —intervino la señora Castor—, no, si la conozco bien. En cuanto Edmund le diga que estamos todos aquí saldrá a capturarnos esta misma noche, y si se ha marchado hace una media hora, ella llegará aquí dentro de unos veinte minutos.

—Tienes razón, señora Castor —respondió su esposo—, debemos marcharnos todos de aquí. No hay tiempo que perder.

CAPÍTULO 9

En casa de la bruja

Y ahora, claro está, querrás saber qué le había sucedido a Edmund. Éste había comido su parte de la cena, pero no había saboreado realmente la comida porque no dejaba de pensar en las delicias turcas; y no existe nada que arruine tanto el sabor de la buena comida cotidiana como el recuerdo de la mala comida mágica. También había oído la conversación, y tampoco había disfrutado demasiado con ella, porque no dejaba de pensar que los otros no le prestaban la menor atención e intentaban dejarlo de lado. Eso no era así, sólo eran imaginaciones suyas. Y luego había escuchado hasta que el señor Castor les habló de Aslan y de todo el plan de reunirse con él en la Mesa de Piedra. Fue entonces cuando, sin hacer ningún ruido, empezó a deslizarse con cautela bajo la cortina que colgaba sobre la puerta; pues la mención de Aslan le provocó una sensación horrible y misteriosa, del mismo modo que a los otros les provocó una que resultaba agradable y también misteriosa.

En el mismo instante en que el señor Castor recitaba el verso sobre «el Hijo de Adán en carne y hueso», Edmund había empezado a girar en silencio la manecilla de la puerta; y justo antes de que su anfitrión hubiera empezado a contarles que la Bruja Blanca no era realmente humana sino mitad genio maléfico y mitad una gigante, el niño había salido al exterior en plena nevada y cerrado con sumo sigilo la puerta a su espalda.

No hay que pensar que Edmund fuera tan malo que realmente deseara que convirtieran en estatua de piedra a sus hermanos. Lo que en realidad deseaba eran las delicias turcas y convertirse en príncipe —y más adelante en rey— y también vengarse de Peter por llamarlo alimaña ponzoñosa. En cuanto a lo que la bruja pudiera hacer con los otros, no deseaba que ésta fuera especialmente amable con ellos —desde luego no que los colocara al mismo nivel que él—, pero se las arregló para creer, u obligarse a creer, que no les haría nada del todo malo. «Porque —se dijo a sí mismo— los que dicen cosas desagradables sobre ella son sus enemigos y probablemente la mitad de todo ello no sea cierto. Se mostró de lo más amable conmigo, desde luego mucho más amable que ellos. Supongo que es la reina legítima, en realidad. ¡En cualquier caso, será mejor que ese horrible Aslan!» Al menos aquélla fue la excusa que forjó en su mente para lo que estaba haciendo. No era una buena excusa, sin embargo, ya que en lo más profundo de su ser sabía realmente que la Bruja Blanca era mala y cruel.

De lo primero que se dio cuenta cuando estuvo en el exterior y descubrió que nevaba copiosamente a su alrededor, fue de que había dejado el abrigo en la cabaña de los castores. Y sin duda no existía la menor posibilidad de volver a por él en aquellos momentos. Lo siguiente que advirtió fue que casi había oscurecido por completo, pues eran cerca de las tres cuando se sentaron a comer, y los días de invierno eran cortos. No había contado con aquello, pero tendría que arreglárselas como pudiera. Así pues, se subió el cuello de la camisa y avanzó arrastrando los pies por la parte superior del dique que, afortunadamente, no resultaba tan resbaladiza debido a la nieve que había caído, hasta la otra orilla del río.

La situación no pintaba nada bien cuando llegó al otro lado. Oscurecía por momentos, y entre aquello y los copos de nieve que se arremolinaban a su alrededor apenas podía ver a un metro de

distancia. Y además, tampoco había sendero alguno. Cada dos por tres caía por profundos ventis-
queros, resbalaba sobre charcos helados, tropeza-
ba con troncos caídos, rodaba por empinados
terraplenes y se despellejaba las piernas contra
rocas, y al final acabó mojado, helado y magulla-
do de la cabeza a los pies. El silencio y la soledad
eran espantosos. De hecho, realmente creo que
habría abandonado todo el plan, regresado, con-
fesado y hecho las paces con los otros, si no se le
hubiera ocurrido decirse a sí mismo: «Cuando sea
rey de Narnia lo primero que haré será construir
unas cuantas carreteras decentes». Y, claro está,
aquello hizo que se pusiera a pensar en ser rey y
en todas las otras cosas que haría, y eso lo animó
una barbaridad. Acababa de decidir mentalmente
qué clase de palacio tendría, cuántos coches, todo
lo referente a su cine particular, por dónde discu-
rrirían las principales vías férreas, y qué leyes
promulgaría contra castores y diques, y estaba
dando los últimos toques a algunas estratagemas
para mantener a Peter en su lugar, cuando el tiempo cambió. Primero dejó de nevar. Luego empezó
a soplar un viento fuerte y la temperatura se tornó
gélida. Finalmente, las nubes se alejaron y salió la
luna. Era una luna llena y, al brillar sobre aquella
nieve, hizo que todo quedara tan iluminado como

si fuera de día; aunque las sombras resultaban algo desconcertantes.

Jamás habría encontrado el camino si la luna no hubiera salido ya cuando alcanzó el otro río; no hay que olvidar que había visto —al llegar por primera vez a la casa de los castores— un riachuelo que desembocaba en el río más grande, algo más abajo. Llegó hasta éste y giró para seguir su curso; pero el pequeño valle por el que discurría era mucho más empinado y rocoso que el que acababa de abandonar y estaba totalmente plagado de matorrales, de modo que no lo habría conseguido en la oscuridad. Aun con la luz de la luna, acabó calado hasta los huesos ya que se veía obligado a agacharse para pasar bajo algunas ramas, y enormes montones de nieve iban a pa-

rar a su espalda. Cada vez que aquello sucedía pensaba más y más en lo mucho que odiaba a

Peter; como si todo aquello fuera culpa de su hermano.

Pero por fin llegó a un punto que era más llano y el valle se desplegó ante él. Y allí, al otro lado del río, bastante cerca de él, en medio de una pequeña llanura entre dos colinas, vio lo que sin duda era la Casa de la Bruja Blanca. Y la luna brillaba en aquellos momentos con más fuerza que nunca. Más que una casa era un castillo. El edificio parecía un conjunto de torreones; torreones pequeños rematados por altos y puntiagudos chapiteles, afilados como agujas. Parecían enormes capirotes o gorros de hechiceros. Refulgían bajo la luz de la luna y sus largas sombras tenían un aspecto extraño sobre la nieve. Edmund empezó a sentir miedo de la casa.

Sin embargo ya era muy tarde para pensar en dar media vuelta. Cruzó la helada superficie del río y avanzó hasta el edificio. No se movía nada; no se oía el menor sonido por ninguna parte. Ni siquiera sus pies hacían ruido sobre la espesa capa de nieve recién caída. Caminó y caminó, dejando atrás una esquina tras otra de la casa, y también un torreón tras otro en busca de la puerta. Tuvo que dar toda la vuelta hasta llegar al otro extremo antes de localizarla. Era una arcada inmensa, pero las enormes rejas de hierro estaban abiertas de par en par.

Edmund se acercó sigilosamente a la arcada y miró al interior en dirección al patio, y allí vio algo que casi hizo que le diera un vuelco el corazón. Justo pasada la puerta, con la luz de la luna brillando sobre él, había un enorme león, agazapado como si estuviera a punto de saltar. El niño se quedó bajo la sombra del arco, temeroso de avanzar y también de retroceder, con las rodillas entrechocando temblorosas. Permaneció allí tanto tiempo que los dientes habrían empezado a castañetearle de frío si no hubieran estado haciéndolo ya debido al miedo. ¿Cuánto tiempo duró aquello?, no lo sé, pero a Edmund le pareció que duraba horas.

Luego, por fin, empezó a preguntarse por qué el león permanecía tan quieto, pues no se había movido ni un centímetro desde que posó los ojos en él. Se aventuró entonces algo más cerca, manteniéndose todavía bajo la sombra del arco en la medida de lo posible, y se dio cuenta de que por el modo en que estaba colocado el león, éste no podía estar mirándolo a él. «Pero ¿y si vuelve la cabeza?», pensó. En realidad el animal contemplaba otra cosa, concretamente a un enanito colocado de espaldas a él a algo más de un metro de distancia. «¡Ajá! —pensó Edmund—. Cuando salte sobre el enano será mi oportunidad de escapar.» Sin embargo, el león siguió sin moverse, y tampoco se movió el enano. Entonces Edmund por fin recordó que los demás habían dicho que la Bruja Blanca convertía a la gente en piedra. A lo mejor aquello no era más que un león de piedra; y en cuanto lo pensó se dio cuenta de que el lomo del animal y la parte superior de la cabeza estaban cubiertos de nieve. ¡Claro que debía de ser simplemente una estatua! Ningún animal vivo dejaría que lo cubriera la nieve. A continuación, muy despacio y con el corazón latiendo como si le fuera a estallar, Edmund se decidió a acercarse al león. Incluso entonces apenas se atrevía a tocarlo, pero por fin alargó la mano, muy de prisa, y lo hizo; era piedra helada. ¡Se había asustado de una simple estatua!

La sensación de alivio que experimentó fue tan grande que a pesar del frío se sintió repentinamente embargado por una oleada de calor que lo cubrió de la cabeza a los pies, y al mismo tiempo se le ocurrió lo que parecía una idea deliciosa. «Probablemente —pensó— éste sea el gran león Aslan del que hablaban. Ya lo ha capturado y lo ha convertido en piedra. ¡Así han acabado todas las bonitas ideas sobre él! ¡Bah! ¿Quién teme a Aslan?»

Se quedó allí experimentando una satisfacción maligna mientras contemplaba el león de piedra, y finalmente hizo algo muy estúpido e infantil. Sacó un pequeño lápiz del bolsillo y garabateó un bigote en el labio superior del león y luego un par de lentes sobre los ojos. Al acabar exclamó:

—¡Ja! ¡El estúpido y viejo Aslan! ¿Te gusta ser de piedra? Creías que eras magnífico, ¿no es cierto?

No obstante, a pesar de los garabatos, el rostro de la poderosa bestia seguía resultando tan aterrador, triste y noble, con la vista alzada bajo la luz de la luna, que, a decir verdad, Edmund no se divirtió en absoluto burlándose de él. Dio media vuelta y empezó a cruzar el patio.

Al llegar a su parte central vio que había docenas de estatuas por todas partes; de pie aquí y allá más o menos como están colocadas las piezas de un tablero de ajedrez en mitad de la partida. Había sátiros de piedra, lobos de piedra, y osos, zorros y leopardos de piedra. Había preciosas figuras de piedra que parecían mujeres pero que eran en realidad los espíritus de los árboles. Estaba la enorme figura de un centauro y de un caballo alado y una criatura alargada y grácil que Edmund supuso que era un dragón. Todos tenían un aspecto tan extraño allí de pie, naturales y al mismo tiempo inmóviles, bajo la fría y radiante luz de la luna, que resultaba horripilante atravesar el patio. Justo en la parte central se erguía una figura enorme parecida a un hombre, pero tan alta como un árbol, con un rostro feroz, una barba enmarañada y un enorme garrote en la mano derecha. A pesar de que sabía que se trataba de un gigante de piedra y no de uno vivo, al niño no le gustaba nada tener que pasar por su lado.

Descubrió entonces que una luz tenue surgía de una entrada situada en el otro extremo del patio. Fue hacia allí; había un tramo de escalera que

ascendía hasta la puerta abierta, y Edmund subió los peldaños. Atravesado en el umbral yacía un lobo enorme.

—Todo va bien, todo va bien —se repitió para sí una y otra vez—. No es más que un lobo de piedra. No puede hacerme daño.

Alzó la pierna para pasar por encima y, al instante, la enorme criatura se puso en pie, con todos los pelos del lomo bien erizados, abrió las enormes fauces y dijo con voz gutural:

—¿Quién anda ahí? ¿Quién anda ahí? No te muevas, extranjero, y dime quién eres.

—Con su permiso, señor —contestó Edmund, temblando de tal modo que apenas conseguía hablar—, mi nombre es Edmund, soy el Hijo de Adán que su majestad encontró en el bosque el otro día, y he venido a traerle la noticia de que mis hermanos se encuentran ahora en Narnia; muy cerca, en la casa de los castores. Ella... ella deseaba verlos.

—Se lo diré a su majestad —respondió el lobo—. Entretanto, quédate aquí quieto en el umbral, si valoras tu vida. —Dicho aquello desapareció en el edificio.

Edmund permaneció allí de pie y aguardó, con los dedos doloridos por el frío y el corazón latiéndole con fuerza en el pecho, y al cabo, el enorme lobo, Maugrim, jefe de la policía secreta de la bruja, regresó dando saltos y anunció:

—¡Entra! ¡Entra!, afortunado favorito de la reina, o tal vez no tan afortunado.

Y Edmund entró, teniendo buen cuidado de no pisar las garras del lobo.

Se encontró en un vestíbulo grande y lóbrego con muchas columnas, lleno, igual que el patio, de estatuas. La situada más cerca de la puerta era un pequeño fauno con una expresión muy triste en el rostro, y Edmund no pudo menos que preguntarse si no sería el amigo de Lucy. La única luz provenía de una solitaria lámpara y cerca de ella se sentaba la Bruja Blanca.

—He venido, majestad —dijo Edmund, avanzando apresuradamente, lleno de ansiedad.

—¿Cómo te atreves a venir solo? —tronó la bruja con una voz terrible—. ¿No te dije que trajeras a tus hermanos contigo?

—Por favor, majestad. He hecho todo lo que he podido. Los he traído bastante cerca. Están en una casita en lo alto del dique justo río arriba, con el señor y la señora Castor.

Una lenta y cruel sonrisa asomó al rostro de la bruja.

—¿Es esto todo lo que tienes que decir? —inquirió.

—No, majestad —respondió él, y procedió a contarle todo lo que había escuchado antes de abandonar la casa de los castores.

—¡Qué! ¿Aslan? —exclamó la reina—. ¡Aslan! ¿Es eso cierto? Si descubro que me has mentido...

—Por favor, no hago más que repetir lo que dijeron —tartamudeó Edmund.

Pero la reina, que ya no le prestaba atención, dio una palmada. Al instante, hizo acto de presencia el mismo enano que Edmund había visto con ella la otra vez.

—Prepara nuestro trineo —ordenó la bruja—, y usa arneses sin cascabeles.

CAPÍTULO 10

El hechizo empieza a romperse

Ahora debemos regresar junto al señor y la señora Castor y los otros tres niños. Tan pronto como el señor Castor dijo: «No hay tiempo que perder», todos empezaron a embutirse en abrigos, excepto la señora Castor, que comenzó a sacar unos sacos y a colocarlos sobre la mesa mientras decía:

—Vamos, señor Castor, hay que bajar ese jamón. Y aquí hay un paquete de té, otro de azúcar y unos fósforos. Y si alguien pudiera alcanzar dos o tres hogazas del recipiente de aquel rincón, sería ideal.

—¿Qué hace, señora Castor? —exclamó Susan.

—Preparar un fardo para cada uno de nosotros, bonita —respondió ella con toda serenidad—. ¿Acaso pensabas que íbamos a iniciar nuestro viaje sin nada que comer?

—Pero ¡no tenemos tiempo! —dijo la niña, abotonándose el cuello del abrigo—. Ella puede llegar aquí en cualquier momento.

—Eso mismo digo yo —terció el señor Castor.

—No me vengáis con ésas —replicó su esposa—. Piénsalo bien, señor Castor. No puede llegar aquí hasta dentro de un cuarto de hora, como mínimo.

—Pero ¿no tendríamos que sacarle toda la ventaja posible para intentar llegar a la Mesa de Piedra antes que ella? —preguntó Peter.

—No lo olvide, señora Castor —observó Susan—. En cuanto haya echado una mirada aquí y descubierto que nos hemos ido se pondrá en marcha a toda velocidad.

—Ya lo sé —asintió ella—; pero hagamos lo que hagamos, no podremos llegar allí antes que ella, pues irá montada en un trineo y nosotros a pie.

—Entonces... ¿no hay esperanza? —inquirió Susan.

—Vamos, no exageres —dijo la señora Castor—; ahora sé buena chica y saca media docena de pañuelos limpios del cajón. Claro que hay esperanza. No podemos llegar allí «antes» que ella, pero podemos mantenernos ocultos e ir por caminos que no espera; tal vez así consigamos esquivarla.

—Eso es muy cierto, señora Castor —convino su esposo—. Pero ya deberíamos haber salido de aquí.

—Y ahora no empieces a ponerte nervioso tú, se-ñor Castor —le amones-tó su esposa—. Vamos. Eso está mejor. Hay cin-co fardos y el más pe-queño es para el más pequeño de nosotros: ésa eres tú, querida mía —añadió, mirando a Lucy.

—Por favor, vámonos —dijo Lucy.

—Bien, ya casi estoy lista —respondió por fin la señora Castor, permitiendo a su esposo que la ayudara a ponerse las botas para la nieve—. Su-pongo que la máquina de coser pesa demasiado para llevárnosla.

—Sí, pesa mucho —afirmó el señor Castor—. Y no pensarás usarla mientras huimos, ¿verdad?

—No puedo evitar pensar en esa bruja mano-seándola —dijo su esposa—, y rompiéndola o ro-bándola, con toda probabilidad.

—¡Por favor, por favor, dense prisa! —dijeron los tres niños.

Y por fin salieron y el señor Castor cerró con lla-ve la puerta —«Esto la retrasará un poco», indi-có— y se pusieron en marcha, llevando todos sus fardos sobre el hombro.

Había dejado de nevar y había salido la luna cuando iniciaron su viaje. Avanzaron en fila india; primero el señor Castor, luego Lucy, a continuación Peter, detrás de él Susan y, por último, la señora Castor cerrando la marcha. El castor los condujo a través del dique y a la orilla derecha del río y luego por una especie de senda muy abrupta por entre los árboles justo a lo largo de la margen del río. Las laderas del valle, relucientes bajo la luz de la luna, se elevaban imponentes muy por encima de sus cabezas a ambos lados.

—Lo mejor será mantenerse aquí abajo todo el tiempo que sea posible —anunció—. Ella tendrá que ir por la parte superior, pues el trineo no puede bajar por aquí.

Habría resultado una escena bastante agradable de contemplar desde una ventana, sentado en un cómodo sillón; estando como estaban las cosas, a Lucy le gustó al principio. No obstante, a medida que andaban y andaban —y seguían andando— y debido también a que el saco que cargaba resultaba cada vez más pesado, empezó a preguntarse cómo conseguiría mantenerse a la altura del resto. Y dejó de contemplar la deslumbrante luminosidad del río helado con todas sus cascadas de hielo, las blancas masas de las copas de los árboles, la enorme y fulgurante luna y las innumerables estrellas, y se limitó a observar con atención cómo las menudas y cortas piernas del señor Castor golpeaban sordamente en la nieve frente a ella como si no fueran a detenerse jamás. Luego la luna desapareció y volvió a nevar. Y al final Lucy estaba tan agotada que casi caminaba dormida, cuando de improviso descubrió que el señor Castor se había desviado de la margen del río para seguir hacia la derecha y los conducía por una empinada ladera al interior de la espesura más densa; a continuación, mientras se iba despertando de su sopor, vio que el castor desaparecía en el interior de un agujero del terraplén que había permanecido casi oculto bajo los matorrales hasta que estuvieron encima de él. En realidad, para cuando comprendió lo que sucedía, únicamente la corta cola plana de su guía resultaba visible ya.

Lucy se agachó inmediatamente y avanzó a gatas detrás de él. Luego oyó ruido de gateos, resoplidos y jadeos a su espalda y al cabo de un instante estaban los cinco en el interior.

—¿Dónde diablos estamos? —dijo Peter, cuya voz sonó cansada y apagada en la oscuridad.

Supongo que sabrás a qué me refiero al decir que una voz suena apagada.

—Es un viejo escondite para castores en problemas —explicó el señor Castor—, y un secreto muy bien guardado. No es gran cosa pero debemos dormir unas cuantas horas.

—Si no os hubierais puesto tan pesados e irritables cuando nos equipábamos, me habría llevado unas almohadas —se quejó la señora Castor.

Lucy se dijo que no era una cueva tan agradable como la del señor Tumnus; sino simplemente un agujero en el suelo, aunque seco y práctico. Era muy pequeña, de modo que cuando se tumbaron todos en el suelo formaron una especie de revoltijo de prendas amontonadas, y entre aquello y que la caminata los había hecho entrar en calor se sintieron la mar de cómodos. ¡Si al menos el suelo de la cueva hubiera sido un poco más liso! Entonces la señora Castor hizo circular en la oscuridad un frasco del que todos bebieron un poco —hacía toser y farfullar un poco, y además quemaba en la garganta, pero también hacía que uno se sintiera muy bien después de tragarlo— y luego todos se durmieron inmediatamente.

A Lucy le parecía que había transcurrido sólo un minuto —aunque en realidad pasaron horas y horas— cuando despertó sintiendo un poco de frío y con el cuerpo terriblemente entumecido mientras pensaba en lo mucho que le gustaría darse un baño bien caliente. Luego sintió que unos largos bigotes le hacían cosquillas en la nariz y vio como la fría luz diurna penetraba por la boca de la cueva. Inmediatamente después se sintió más que despierta, y lo mismo les sucedió a los demás; de hecho, todos se sentaron muy erguidos con la boca y los ojos bien abiertos, escuchando un sonido que era justo el sonido en el que habían estado pensando —y que en ocasiones habían imaginado oír— durante su caminata de la noche anterior. Un tintineo de cascabeles.

El señor Castor salió de la cueva como una exhalación en cuanto lo oyó, y cualquiera habría pensado, tal como hizo Lucy por un instante, que aquello era una gran estupidez. No obstante fue una acción muy sensata. El castor sabía que podía gatear hasta lo alto del terraplén por entre los matorrales y las zarzas sin ser visto; y lo que deseaba más que nada era ver en qué dirección iba el trineo de la bruja. Los otros permanecieron en la cueva esperando y haciéndose preguntas. Esperaron casi cinco minutos. Entonces oyeron algo que los asustó muchísimo; oyeron voces. «¡No —pensó Lucy—, lo ha visto. ¡Lo ha pillado!» Grande fue su sorpresa, pues, cuando un poco más tarde, oyeron la voz del señor Castor que los llamaba desde el exterior de la cueva.

—Toda va bien —gritaba—. Sal, señora Castor. Salid, Hijos e Hijas de Adán. Todo va bien. ¡Ella no!

No era muy correcto gramaticalmente, pero así es como hablan los castores cuando están nerviosos; quiero decir, en Narnia, pues en nuestro mundo no hablan en absoluto.

De modo que la señora Castor y los niños abandonaron la cueva en tropel, todos parpadeando bajo la luz solar, cubiertos de tierra, y con un aspecto muy desaliñado, con la ropa sin cepillar, el cabello sin peinar y los ojos soñolientos.

—¡Vamos! —gritó el señor Castor, que casi saltaba de contento—. ¡Venid a ver! ¡Esto es un golpe muy duro para la bruja! Parece que su poder empieza a desmoronarse.

—¿Qué quiere decir? —jadeó Peter mientras todos ellos gateaban por el empinado terraplén del valle a la vez.

—¿A que os dije —respondió él—, que ella había hecho que fuera siempre invierno y nunca Navidad? ¿A que os lo dije? ¡Bien, pues venid a ver!

Y entonces llegaron todos a lo alto y lo vieron.

Realmente era un trineo, y realmente eran renos con cascabeles en los arneses; pero eran mucho más grandes que los renos de la bruja, y no eran blancos sino marrones. Y montada en el trineo había una persona a quien todo el mundo reconoció en cuanto le puso los ojos encima; se trataba de un hombretón vestido con una túnica de brillante color rojo —tan brillante como las bayas del acebo— con una capucha forrada de piel y una enorme barba blanca que caía como una cascada de espuma sobre su pecho. Todos lo reconocieron porque, aunque uno ve personas así únicamente en Narnia, sí las ve en dibujos y oye hablar de ellas incluso en nuestro mundo; el mundo situado a este lado de la puerta del armario. Sin embargo, cuando realmente se ven en Narnia resulta muy distinto. Algunos de los dibujos de Papá Noel en nuestro mundo le dan un aspecto divertido, pero ahora que los niños lo veían de verdad no les pareció exactamente así. Era tan corpulento, parecía tan radiante y tan real que se quedaron sobrecogidos. Se sintieron muy felices, pero también embargados por la solemnidad.

—Por fin he llegado —anunció—. Ella me ha mantenido lejos durante mucho tiempo, pero he conseguido regresar por fin. Aslan viene hacia aquí. La magia de la bruja empieza a debilitarse.

Y Lucy sintió que la recorría aquel escalofrío de júbilo que uno sólo experimenta cuando está en silencio y en actitud solemne.

—Y ahora —siguió Papá Noel—, vuestros regalos. Hay una máquina de coser nueva y mejor para usted, señora Castor. La dejaré en su casa cuando pase por allí.

—Si me lo permite, señor —dijo la aludida, haciendo una reverencia—, está cerrada con llave.

—Las cerraduras y los pestillos no son impedimentos para mí —respondió Papá Noel—. Y en cuanto a usted, señor Castor, cuando llegue a casa encontrará que su dique está terminado y reparado, que todas las vías de agua están arregladas y que se ha colocado una compuerta.

El señor Castor estaba tan satisfecho que abrió la boca de par en par y entonces descubrió que no podía decir nada.

—Peter, Hijo de Adán —siguió Papá Noel.

—Aquí, señor.

—Éstos son tus regalos —fue la respuesta—; y son utensilios, no juguetes. Puede que no tardes mucho en utilizarlos. Cuídalos bien.

Con estas palabras entregó al muchacho un escudo y una espada. El escudo era del color de la plata y sobre él había un león de color rojo vivo como una fresa madura cuando la arrancas de la mata. La empuñadura de la espada era de oro y tenía una vaina, un talabarte y demás accesorios, y era justo del tamaño y peso exactos para que Peter pudiera manejarla. El niño permaneció silencioso y solemne mientras recibía aquellos regalos, pues estaba seguro de que se trataba de algo muy serio.

—Susan, Hija de Eva —dijo Papá Noel—, éstos son para ti. —Y le entregó un arco, una aljaba llena de flechas y un pequeño cuerno de marfil—. Debes utilizar el arco sólo si es estrictamente necesario —declaró—, pues no es mi intención que luches en la batalla. No acostumbra a fallar. Y cuando te lleves el cuerno a los labios y lo hagas sonar, entonces, dondequiera que estés, creo que alguna clase de ayuda acudirá a socorrerte. Lucy, Hija de Eva —llamó, finalmente.

La niña se adelantó, y él le dio una botellita que parecía de cristal, pero que más tarde descubrieron que estaba hecha de diamante, y una pequeña daga.

—En esta botella —indicó— hay un licor hecho del jugo de algunas de las flores de fuego que crecen en las montañas del sol. Si tú o alguno de tus amigos resulta herido, unas cuantas gotas de esto os devolverá la salud. Y la daga es para que te defiendas si es muy necesario. Pues tampoco tú has de participar en la batalla.

—¿Por qué, señor? —quiso saber ella—. Nunca me he visto en la situación, pero creo que sería muy valiente.

—Ésa no es la cuestión —respondió él—; las batallas siempre son repugnantes. Y ahora —llegado a aquel punto su aspecto se tornó de repente menos severo—, ¡aquí tengo esto para todos vosotros! —Y sacó, supongo yo que del enorme saco situado a su espalda, aunque nadie lo vio hacerlo, una enorme bandeja que contenía cinco tazas y platos, un cuenco con terrones de azúcar, una jarra de leche y una enorme tetera que siseaba y silbaba de lo caliente que estaba. A continuación exclamó: «¡Feliz Navidad! ¡Larga vida al auténtico rey!», e hizo chasquear el látigo, y él, los renos, el trineo y todo lo demás desaparecieron de su vista antes de que nadie se diera cuenta de que se habían puesto en movimiento.

Peter acababa de desenvainar su espada y se la mostraba al señor Castor, cuando la señora Castor dijo:

—¡Vamos, vamos! No os pongáis a hablar ¡se va a enfriar el té! Hombres teníais que ser. Venid y ayudad a transportar la bandeja hasta la cueva. Vamos a desayunar. Qué suerte que pensara en traer el cuchillo del pan.

Así pues, descendieron por el empinado terraplén y regresaron a la cueva, y el señor Castor cortó un poco de pan y jamón para hacer sándwiches y la señora Castor sirvió el té, y todos disfrutaron con el desayuno. No obstante, mucho antes de que hubieran terminado de dar buena cuenta de la comida, el señor Castor anunció:

—Ya es hora de ponernos en marcha.

CAPÍTULO 11

Aslan está cada vez más cerca

Edmund, entretanto, se estaba llevando una terrible decepción. Cuando el enano se marchó a preparar el trineo esperaba que la bruja empezara a ser amable con él, como lo había sido en su último encuentro. Sin embargo, la mujer no abrió la boca, y cuando por fin Edmund reunió valor suficiente para decir:

—Por favor, majestad, ¿podría comer unas cuantas delicias turcas? Usted dijo... usted dijo...

Ella le respondió:

—¡Silencio, estúpido!

Aunque luego pareció cambiar de idea y añadió, como si hablara consigo misma:

—Claro que, bien pensado, no serviría de nada que el mocoso se desmayara durante el viaje.

Y de nuevo dio unas palmadas, y otro enano hizo su aparición.

—Dale a la criatura humana comida y bebida —ordenó.

El enano se marchó y regresó en seguida con un cuenco de hierro con un poco de agua en ella y un plato de hierro con un pedazo de pan duro. Sonrió de un modo repulsivo mientras lo deposi-
taba todo en el suelo junto a Edmund y dijo:

—Delicias turcas para el principito. ¡Ja! ¡Ja! ¡Ja!

—Llévatelo —repuso Edmund, malhumorado—. No quiero pan seco.

Pero la reina se volvió repentinamente hacia él con una expresión tan aterradora en el rostro que el niño se disculpó y empezó a mordisquear el pan, aunque estaba tan rancio que apenas podía tragarlo.

—Alégrate de poder comer esto porque puede que tardes en volver a probar el pan —dijo la bruja.

Mientras seguía mascando aún, el primer enano regresó y anunció que el trineo estaba listo. La Bruja Blanca se levantó y salió, ordenando a Edmund que fuera con ella. La nieve volvía a caer cuando salieron al patio, pero ella no le prestó la menor atención e hizo que el niño se sentara a su lado en el trineo. Antes de partir llamó a Maugrim y éste acudió saltando como un perro enorme junto al vehículo.

—Lleva contigo al más veloz de tus lobos y marchad inmediatamente a la casa de los castores —indicó la bruja—, y matad todo lo que encontréis allí. Si ya se han ido, entonces id a toda velocidad a la Mesa de Piedra, pero no os dejéis ver. Esperadme escondidos. Entretanto, yo debo recorrer muchos kilómetros hacia el oeste antes de poder encontrar un lugar por el cual cruzar el río. Tal vez alcancéis a esos humanos antes de que lleguen a la Mesa de Piedra. ¡Sabréis qué hacer si los encontráis!

—Sus deseos sos órdenes para mí, mi reina —gruñó el lobo, e inmediatamente salió disparado en medio de la nieve y la oscuridad, a la misma velocidad a la que galopa un caballo.

En unos minutos ya había llamado a otro lobo y ambos se hallaban en el dique olisqueando alrededor de la casa de los castores. Aunque, claro está, la encontraron vacía. Habría sido terrible para los castores y los niños si la noche se hubiera mantenido despejada, ya que los lobos habrían podido seguir su rastro, y diez a uno a que los habrían alcanzado antes de que llegaran a la cueva. Sin embargo, ahora que había empezado a nevar otra vez, el olor era débil y las pisadas habían quedado tapadas.

Mientras, el enano fustigó a los renos, y con la bruja y Edmund cruzaron bajo la arcada y se perdieron en la oscuridad y el frío. Fue un viaje terrible para el niño, que carecía de abrigo, pues antes de que llevaran ni un cuarto de hora de marcha ya tenía toda la parte delantera cubierta de nieve; el pequeño no tardó en dejar de intentar sacudírsela de encima porque, con la misma rapidez con que se la quitaba, otra capa volvía a acumularse, y estaba muy cansado. No tardó en quedar empapado. Además ¡se sentía tan desdichado! Ahora ya no parecía que la reina tuviera la intención de convertirlo en rey. Todas las cosas que se había dicho a sí mismo para obligarse a creer que era buena y amable y que su bando era el bando correcto le resultaron de pronto una estupidez. Habría dado cualquier cosa por reunirse con los demás en aquellos momentos; ¡incluso con Peter! El único modo que tenía de consolarse era creer que todo aquello era un sueño y que despertaría en cualquier momento. Y a medida que viajaban, una hora tras otra, realmente llegó a parecer un sueño.

Aquello duró mucho más de lo que puedo des-

cribir, incluso aunque escribiera páginas y más páginas. Sin embargo, saltaremos hasta llegar al momento en que dejó de nevar y se hizo de día, y corrían bajo la luz del sol. Y siguieron viajando y viajando, sin más ruido que el perpetuo susurro de la nieve y el chasquear de los arneses de los renos. Finalmente, llegó un momento en que la reina dijo: «¿Qué tenemos aquí? ¡Deteneos!». Y lo hicieron.

¡Cómo deseaba Edmund que la reina dijera algo sobre el desayuno! Pero su acompañante se había detenido por otro motivo. No muy lejos, al pie de un árbol, estaba reunido un grupo que parecía divertirse: una ardilla con su esposa e hijos, dos sátiros, un enano y un viejo zorro, todos sentados en taburetes alrededor de una mesa. Edmund no consiguió distinguir qué comían, pero olía de maravilla y parecía haber adornos de acebo y creyó haber visto algo que parecía pudín de pasas.

Justo cuando el trineo se detuvo, el zorro, que evidentemente era el ser de más edad entre los comensales, acababa de ponerse en pie, sosteniendo una copa en la pata derecha como si fuera a decir algo; pero cuando el grupo vio que el trineo se paraba y quién iba en él, toda la alegría desapareció de sus rostros. El padre ardilla se detuvo con el tenedor a mitad de camino de la boca, uno de los sátiros quedó congelado con el tenedor ya dentro de la suya y las ardillas bebés chillaron aterrorizadas.

—¿Qué significa todo esto? —exigió la reina bruja, pero nadie contestó.

—¡Responded, sabandijas! —insistió—. ¿O queréis que mi enano os encuentre la lengua con su látigo? ¿Qué significa toda esta glotonería, este desperdicio, esta autocomplacencia? ¿De dónde habéis sacado todas estas cosas?

—Por favor, majestad —dijo el zorro—, nos las han dado. Y si se me permite la audacia de beber a la muy buena salud de su majestad...

—¿Quién os las dio? —inquirió ella.

—P...P...P...Papá Noel —tartamudeó el zorro.

—¿Qué? —rugió la bruja, saltando del trineo y dando unas cuantas zancadas para acercarse un poco más a los aterrados animales—. ¡Decidme que no ha estado aquí! ¡No puede haber estado

aquí! Cómo os atrevéis... pero no. Decid que habéis mentido y se os perdonará la vida.

En aquel momento una de las ardillas pequeñas perdió los nervios.

—¡Ha sido él... ha sido él... ha sido él! —chilló, golpeando con su cucharita sobre la mesa.

Edmund vio cómo la bruja se mordía los labios con tal fuerza que una gota de sangre apareció en su blanca mejilla, y a continuación alzó su varita.

—No lo haga, no lo haga, por favor, no lo haga —gritó Edmund.

Pero mientras él gritaba, ella ya había agitado la mano y, al instante, en el lugar donde había estado el alegre grupo, había sólo estatuas de criaturas —una de ellas con el tenedor detenido para siempre a mitad de camino de su boca de piedra— sentadas alrededor de una mesa de piedra sobre la que había platos de piedra y un pudín de pasas de piedra.

—En cuanto a ti —dijo la bruja, asestando a Edmund un fuerte bofetón en el rostro mientras volvía a subir al trineo—, que eso te enseñe a pedir clemencia para espías y traidores. ¡Sigue adelante!

Y Edmund, por vez primera en esta historia, sintió pena por alguien que no fuera él. Resultaba muy triste pensar en aquellas figuritas de piedra sentadas allí durante todos los silenciosos días y las oscuras noches, año tras año, hasta que el moho creciera sobre ellas y finalmente incluso sus rostros se deshicieran.

Volvían a correr veloces ya, y Edmund no tardó en advertir que la nieve que los salpicaba mientras avanzaban era mucho más húmeda que la de la noche anterior. Al mismo tiempo se dio cuenta de que sentía menos frío, y también de que el ambiente se tornaba brumoso y más cálido; además, el trineo no corría ni mucho menos tan bien como lo había hecho hasta aquel momento. En un principio pensó que se debía a que los renos estaban cansados, pero pronto comprendió que no podía ser ésa la auténtica razón. El trineo dio una sacudida, patinó y siguió dando saltos como si chocara con piedras, y por mucho que el enano fustigara a los pobres renos, el trineo avanzaba cada vez más despacio. También parecía existir un sonido curioso a su alrededor, pero el ruido del trineo al resbalar y saltar y los gritos del enano a los renos impidieron que Edmund oyera de qué se trataba hasta que el vehículo se atascó con tal fuerza que no hubo forma de moverlo. Cuando eso sucedió se produjo un instante de silencio, y en aquel silencio el niño pudo escuchar el otro ruido debidamente. Era un extraño sonido suave, susurrante, gorjeante —y sin embargo no resultaba tan extraño, porque ya lo había oído antes— ¡si al menos consiguiera recordar dónde! Entonces, de improviso, lo recordó. Era el sonido del agua al correr. A su alrededor aunque fuera de su vista, había innumerables ríos, que gorjeaban, murmuraban, borboteaban, chapoteaban e incluso —a lo lejos— rugían. Y su corazón dio un vuelco —aunque sin saber por qué— cuando comprendió que la helada había finalizado. Mucho más cerca se oía el constante gotear de las ramas de los árboles, y entonces, al mirar un árbol vio que un enorme montón de nieve resbalaba de él y por primera vez desde que había entrado en Narnia contempló el color verde oscuro de un abeto. Sin embargo, no tuvo tiempo para escuchar u observar más, pues la bruja dijo:

—¡No te quedes ahí mirando como un estúpido! Baja y ayuda.

Y desde luego tuvo que obedecer. Saltó a la nieve —pero en realidad ésta era ya sólo agua-nieve— y se puso a ayudar al enano a sacar el trineo del agujero fangoso en el que se había metido. Consiguieron extraerlo por fin, y mediante un comportamiento muy cruel con los renos, el enano hizo que volvieran a ponerse en marcha, y así recorrieron un corto trecho. La nieve se derretía a marchas forzadas y empezaban a aparecer trozos de hierba verde en todas direcciones. A menos que hubieras estado contemplando un mundo nevado durante tanto tiempo como lo había hecho Edmund, no podrías imaginar qué sensación de alivio producían aquellas manchas verdes tras un interminable color blanco. Entonces el trineo volvió a detenerse.

—No sirve de nada, majestad —dijo el enano—. No podemos ir en trineo con este deshielo.

—En ese caso debemos andar —repuso ella.

—No los alcanzaremos jamás andando —refunfuñó el enano—. No con la ventaja que nos llevan.

—¿Eres mi consejero o mi esclavo? —inquirió la bruja—. Haz lo que se te dice. Ata las manos de la criatura humana a su espalda y sujeta el extremo de la cuerda. No olvides tu látigo y corta los arneses de los renos; sabrán encontrar el camino de vuelta a casa.

El enano obedeció, y en unos pocos minutos Edmund se vio obligado a andar tan de prisa como pudo con las manos atadas a la espalda. No dejaba de resbalar en el aguanieve, el barro y la hierba húmeda, y cada vez que resbalaba, el enano lanzaba una maldición y en ocasiones también le asestaba un golpecito con el látigo. La bruja andaba detrás del enano y repetía sin cesar:

—¡Más rápido! ¡Más rápido!

Las zonas de color verde aumentaban de tamaño y las de nieve disminuían a toda velocidad. A cada momento más y más árboles se sacudían sus mantos de nieve. Muy pronto, a derecha e izquierda, en lugar de formas blancas se veía el verde oscuro de los abetos o la negras ramas espinosas de robles desnudos, hayas y olmos. Luego la neblina pasó de blanco a dorado y finalmente se

disolvió por completo. Rayos de deliciosa luz solar cayeron sobre el suelo del bosque y en lo alto se podía ver un cielo totalmente azul por entre las copas de los árboles.

No tardaron en ocurrir cosas más maravillosas. Al doblar repentinamente un recodo y penetrar en un claro lleno de abedules, Edmund vio que el suelo estaba cubierto en toda su extensión por pequeñas flores amarillas: celidonias. El sonido del agua aumentó en intensidad, y al poco rato cruzaron un arroyo de verdad. En la otra orilla descubrieron que habían brotado campanillas de invierno.

—¡Ocúpate de tus asuntos! —gritó el enano al ver que Edmund había vuelto la cabeza para mirarlas; y dio un violento tirón a la cuerda.

Aunque, desde luego, aquello no impidió que Edmund siguiera contemplando cosas. Apenas cinco minutos más tarde observó una docena de azafranes que crecían alrededor de la base de un viejo árbol: dorados, morados y blancos. A continuación se oyó un

sonido más delicioso aún que el del agua. Desde un punto situado muy cerca del sendero que seguían, un pájaro trinó repentinamente desde la rama de un árbol; le contestó el cloqueo de otra ave situada algo más lejos. Entonces, como si hubiera sido una señal, se oyeron trinos y gorjeos por todas partes, luego un instante de una melodía completa, y en cuestión de cinco minutos todo el bosque resonó con el canto de las aves, y dondequiera que pusiera los ojos, el niño veía pájaros que se posaban en ramas, o que se elevaban hacia lo alto, o que se perseguían entre sí y discutían, o incluso que se limpiaban las plumas con el pico.

—¡Más rápido! ¡Más rápido! —ordenó con furia la bruja.

Ya no había ni rastro de la niebla. El cielo se volvió cada vez más azul, y en seguida aparecieron nubes blancas que lo recorrían veloces a intervalos. Los amplios claros estaban llenos de prímulas. Se alzó también una leve brisa que desperdigaba gotas de humedad desde las balanceantes ramas y transportaba frescos y deliciosos aromas hasta los rostros de los viajeros. Los árboles empezaron a renacer. Los alerces y abedules estaban cubiertos de verde; los laburnos, de dorado, y en las hayas no tardaron en brotar sus delicadas hojas transparentes. Mientras los viajeros pasaban bajo ellos la luz también se tornó verde. Una abeja zumbó en su camino.

—Esto no es deshielo —dijo el enano, deteniéndose de repente—. Esto es la primavera. ¿Qué vamos a hacer? Han destruido vuestro invierno, ¡fijaos! Esto es cosa de Aslan.

—Si alguno de vosotros menciona ese nombre otra vez —respondió la bruja—, morirá al instante.

CAPÍTULO 12

━━◁◎▷━━

La primera batalla de Peter

Mientras el enano y la bruja mantenían esa conversación, a kilómetros de distancia, los castores y los tres niños seguían andando en medio de lo que parecía un sueño encantador. Hacía mucho rato que habían abandonado los abrigos, y para entonces ya habían dejado de decirse unos a otros: «¡Mira! Ahí hay un martín pescador», o «¡Ahí va, son campanillas!», o «¿Qué era ese olor tan delicioso?», o «¡Escucha ese tordo!». Andaban en silencio empapándose de todo lo que los rodeaba, atravesando zonas de cálida luz solar para penetrar en frescos y verdes bosquecillos y luego volver a salir a amplios claros cubiertos de musgo donde altos olmos elevaban el frondoso techo muy por encima de sus cabezas, y a continuación pasar al interior de espesas masas de groselleros en flor y por entre matas de espinos de embriagador olor dulzón.

Se habían sentido tan sorprendidos como Edmund al ver que el invierno se desvanecía y todo el bosque pasaba en unas pocas horas de enero a mayo. A diferencia de la bruja, los niños ignoraban que eso sería lo que sucedería cuando Aslan llegara a Narnia; pero todos sabían que eran los hechizos de la reina los que habían dado origen al interminable invierno; y por lo tanto todos supieron, en cuanto apareció aquella primavera mágica, que algo había fallado, y de un modo estrepitoso, en los planes de la bruja. Además, después de que el deshielo hubiera proseguido durante cierto tiempo, todos comprendieron que la bruja ya no podría usar el trineo, y ya no se apresuraron tanto y se permitieron más descansos y cada vez más largos. Estaban muy cansados ya, como era natural; pero no lo que yo denominaría exhaustos; simplemente se movían con más lentitud y se sentían soñolientos y tranquilos por dentro, como le sucede a uno cuando se acerca al final de un largo día al aire libre. Susan tenía una pequeña ampolla en el talón.

Habían abandonado el curso del gran río hacía cierto tiempo, pues había que girar un poco a la derecha —lo que significaba dirigirse un poco al sur— para llegar al lugar donde estaba la Mesa de Piedra. De todos modos, aunque aquél no hubiera sido el camino más apropiado, no podrían haber proseguido por el valle del río una vez iniciado el deshielo, pues con toda aquella nieve fundida el río no tardó en crecer —una maravillosa y rugiente inundación amarillenta— y su sendero habría quedado sumergido.

Y entonces el sol empezó a descender, la luz se tornó más roja, las sombras se alargaron y las flores empezaron a cerrarse.

—No falta mucho ya —dijo el señor Castor.

Empezó a conducirlos colina arriba por entre un espeso y mullido musgo, que producía una sensación muy agradable a sus cansados pies cuando lo pisaban, en un lugar donde sólo crecían árboles altos, muy separados entre sí. La ascensión, al tener lugar al final de un largo día, hizo que todos jadearan y resoplaran. Y justo en el momento en que Lucy se preguntaba si realmente conseguiría llegar a lo alto sin tener que detenerse un buen rato a descansar, de improviso se encontraron en la cima. Una vez allí, esto fue lo que vieron.

Se hallaban en un enorme y despejado espacio verde desde el que se podía contemplar cómo el bosque se extendía hasta donde alcanzaba la vista en todas direcciones; excepto delante de ellos. Allí, muy al este, había algo que centelleaba y se movía.

—¡Caray! —susurró Peter a Susan—. ¡El mar! En el centro justo de aquella cima despejada se encontraba la Mesa de Piedra. Era una enorme y lúgubre losa de piedra gris sostenida por cuatro piedras verticales. Parecía muy antigua; y toda ella estaba esculpida con extrañas líneas y figuras que podían ser las letras de un idioma desconocido. Su contemplación producía una sensación curiosa. Lo siguiente que vieron fue un pabellón montado a un lado del espacio abierto. Era un pabellón estupendo —en especial entonces, con la luz del sol que se ponía cayendo sobre él— con laterales que parecían de seda amarilla, cuerdas carmesí y estacas de marfil; y en lo alto, sujeto a un asta, un estandarte que lucía un león de color rojo rampante ondeando en la brisa que les azotaba el rostro desde el lejano mar. Mientras lo contemplaban, oyeron una música a su derecha; y volviéndose en aquella dirección vieron lo que habían ido a buscar.

Aslan estaba en el centro de una multitud de criaturas que se habían agrupado a su alrededor en forma de media luna. Había mujeres de los árboles y mujeres de los pozos —dríades y náyades, como acostumbran a llamarlas en nuestro mundo— que sostenían instrumentos de cuerda; eran ellas quienes hacían sonar la música. Había cuatro grandes

centauros, cuya parte de caballo era igual que la de los enormes caballos de granja ingleses y su parte humana se parecía al torso de unos gigantes severos pero apuestos. También estaban presentes un unicornio, un toro con cabeza humana, un pelícano, un águila y un perro enorme. Y junto a Aslan se encontraban dos leopardos, uno de los cuales sostenía su corona y el otro, su estandarte.

Pero en lo referente al propio Aslan, ni los castores ni los niños supieron qué hacer o decir cuando lo vieron. La gente que no ha estado en Narnia a veces piensa que una cosa no puede ser buena y terrible al mismo tiempo, pero si los niños compartían esa opinión, dejaron de hacerlo inmediatamente en aquel momento. Pues cuando intentaron mirar el rostro de Aslan sólo vislumbraron la dorada melena y los enormes, regios, solemnes y sobrecogedores ojos; y a continuación descubrieron que no podían mirarlo sin dejar de temblar.

—Adelante —susurró el señor Castor.

—No —musitó Peter—, ustedes primero.

—No, los Hijos de Adán antes que los animales —volvió a susurrarle el señor Castor.

—Susan —murmuró Peter—. ¿Por qué no tú? Las damas primero.

—No, tú eres el mayor —contestó ella, también en un susurro.

Como era natural, cuanto más tiempo seguían con aquello, más incómodos se sentían. Entonces, finalmente, Peter comprendió que le correspondía hacerlo a él, así que desenvainó la espada y la alzó en un gesto de saludo mientras se apresuraba a indicar a los otros:

—Vamos, tranquilizaos.

Luego avanzó hacia el león y dijo:

—Hemos venido, Aslan.

—Bienvenido, Peter, Hijo de Adán —saludó éste—. Bienvenidas, Susan y Lucy, Hijas de Eva. Bienvenidos señor y señora Castor.

Su voz era profunda y sonora, y de algún modo consiguió hacer desaparecer la agitación de los recién llegados, que, a partir de aquel momento, se sintieron satisfechos y tranquilos y a quienes dejó de parecerles embarazoso permanecer allí de pie sin decir nada.

—Pero ¿dónde está el cuarto? —preguntó el león.

—Ha intentado traicionarlos y se ha unido a la Bruja Blanca, oh, Aslan —explicó el señor Castor.

En aquel momento, algo impulsó a Peter a añadir:

—Eso fue en parte culpa mía, Aslan. Estaba enfadado con él y creo que eso ayudó a que actuara de un modo equivocado.

Y Aslan no dijo nada ni para excusar a Peter ni para culparlo, sino que se limitó a contemplarlo con sus enormes e inmutables ojos. Y a todos les pareció que no había nada que decir.

—Por favor... Aslan —intervino Lucy—, ¿puede hacerse algo para salvar a Edmund?

—Se hará todo lo necesario —respondió él—; pero puede resultar más arduo de lo que pensáis.

Luego volvió a quedarse en silencio durante un tiempo. Hasta aquel momento Lucy había estado pensando en lo regio, poderoso y pacífico que parecía su rostro; pero entonces se le ocurrió que también parecía triste. Sin embargo, al siguiente minuto aquella expresión había desaparecido. El león agitó la melena y dio una palmada con las zarpas («¡Zarpas terribles —pensó Lucy—, si él no supiera como almohadillarlas!») y anunció:

—Entretanto, preparemos el banquete. Señoras, acompañad a estas Hijas de Eva al pabellón y ocupaos de ellas.

Cuando las niñas se hubieron marchado, Aslan posó la zarpa, que, aunque estaba almohadillada, era muy pesada, en el hombro de Peter y dijo:

—Ven, Hijo de Adán, y te mostraré una lejana visión del castillo en el que has de ser rey.

Y Peter, con la espada todavía desenvainada en la mano, se marchó con el león hasta el borde oriental de la cima de la colina. Allí sus ojos descubrieron un hermoso espectáculo. El sol se ponía a sus espaldas, y ello significaba que todo el territorio situado a sus pies quedaba bañado por la luz de la tarde; bosques, colinas, valles y, alejándose zigzagueante como una serpiente plateada, la parte inferior del gran río. Y más allá de todo ello, a kilómetros de distancia, estaba el mar, y más allá del mar, el cielo, lleno de nubes que empezaban a adquirir un tono rosado por el reflejo de la puesta de sol. Sin embargo, justo en el punto en que el territorio de Narnia se unía al mar —de hecho, en la desembocadura del gran río— había algo sobre una pequeña colina, que relucía. Relucía porque se trataba de un castillo y la luz del sol se reflejaba desde todas las ventanas que miraban en dirección a Peter y la puesta de sol; pero a Peter le pareció una estrella enorme posada sobre la orilla del mar.

—Querido Hijo de Adán, aquello es Cair Paravel, el de los cuatro tronos, en uno de los cuales debes sentarte tú como rey. Te lo muestro porque tú eres el primogénito y serás Sumo Monarca sobre todos los demás —dijo muy serio Aslan.

Peter permaneció callado, pues en aquel momento un extraño ruido despertó repentinamente el silencio. Fue parecido a un toque de clarín, pero más sonoro.

—Es el cuerno de tu hermana —indicó Aslan a Peter en voz baja; tan baja que sonó casi como un ronroneo, si no resulta irrespetuoso decir que un león ronronea.

Por un momento Peter no comprendió. Luego, al ver que todas las otras criaturas se lanzaban al frente y oír que Aslan decía con un movimiento de su zarpa: «¡Atrás! Dejad que el príncipe dé pruebas de sus aptitudes», comprendió, y salió corriendo tan de prisa como pudo en dirección al pabellón; una vez allí contempló un espectáculo horrible.

Las náyades y dríades se dispersaban en todas direcciones, y Lucy corría hacia él a toda la velocidad que le permitían sus cortas piernas, con el rostro blanco como el papel. Entonces vio que Susan huía precipitadamente en dirección a un árbol y se encaramaba a él de un salto, seguida por una enorme bestia gris. En un principio Peter creyó que se trataba de un oso; luego vio que tenía aspecto de alsaciano, aunque era excesivamente grande para ser un perro. Comprendió entonces que se trataba de un lobo; un lobo erguido sobre las patas traseras, con las patas delanteras apoyadas sobre el tronco del árbol, que lanzaba mordiscos y gruñidos, y con todo el pelaje del lomo erizado. Susan no había conseguido subir más arriba de la segunda rama grande, y una de sus piernas colgaba de modo que el pie quedaba apenas a unos centímetros de los chasqueantes dientes. Peter se preguntó cómo era que no subía más o al menos se sujetaba mejor; entonces comprendió que estaba a punto de desmayarse y que si lo hacía, caería al suelo.

Peter no se consideraba valiente; en realidad, en aquella situación sintió como si estuviera a punto de marearse. Pero no podía permitir que eso afectara a lo que debía hacer. Se abalanzó hacia el monstruo y se dispuso a asestarle una cuchillada en el costado. El golpe jamás tocó al lobo que, veloz como un rayo, giró con ojos llameantes, y las fauces abiertas de par en par en un aullido de rabia. De no haber estado tan enfurecido que se limitaba a aullar, habría atrapado al niño por la garganta al instante. Sin embargo, lo que ocurrió —aunque todo sucedió con demasiada rapidez para que Peter pudiera pensar— fue que el muchacho tuvo tiempo para agacharse y hundir la espada, con todas sus fuerzas, por entre las patas delanteras de la bestia, en su corazón. A continuación se produjo un horrible momento de confusión, como si se tratara de una pesadilla. Él tiraba y estiraba y el lobo no parecía ni vivo ni muerto, y sus colmillos desnudos chocaron contra la frente del niño, y todo fue un revoltijo de sangre, calor y pelo. Al cabo de un instante descubrió que el monstruo yacía muerto, que él había extraído la espada del cuerpo, que se estaba incorporando y que se limpiaba el sudor del rostro y los ojos. Se sentía totalmente agotado.

Luego, transcurrido un tiempo, Susan descendió del árbol. Tanto ella como Peter estaban temblorosos cuando se reunieron y no diré que no hubiera besos y llantos por ambas partes; pero en Narnia nadie habla mal de uno por eso.

—¡Rápido! ¡Rápido! —gritó la voz de Aslan—. ¡Centauros! ¡Águilas! Veo otro lobo en los matorrales. Ahí, detrás de vosotros. Acaba de salir huyendo. Tras él, todos. Irá a ver a su señora. Ésta es nuestra oportunidad de encontrar a la bruja y rescatar al cuarto Hijo de Adán.

Y al instante, en medio de un tronar de cascos y un batir de alas, más o menos una docena de las criaturas más veloces desapareció en la creciente oscuridad.

Peter, todavía sin aliento, se volvió y vio a Aslan muy cerca de él.

—Has olvidado limpiar la espada —indicó éste.

Era cierto. El niño se sonrojó cuando contempló la reluciente hoja y vio que estaba toda manchada con el pelaje y la sangre del lobo. Se inclinó y la limpió con la hierba, y a continuación la secó con la chaqueta.

—Dámela y arrodíllate, Hijo de Adán —dijo Aslan; y cuando Peter lo hubo hecho le dio unos golpecitos con la hoja plana del arma y anunció—: Levanta, sir Peter, Pesadilla de los Lobos. Y, suceda lo que suceda, jamás olvides limpiar tu espada.

CAPÍTULO 13

Magia Insondable
de los albores del tiempo

Ahora debemos regresar con Edmund. Después de
haberlo hecho andar mucho más de lo que él jamás
había creído que nadie fuera capaz de andar, la
bruja se detuvo por fin en un valle oscuro som-
breado por abetos y tejos. Allí, Edmund se desplo-
mó sobre el suelo boca abajo sin hacer absolutamente nada y sin importarle siquiera qué fuera a
suceder a continuación, siempre y cuando dejaran
que permaneciera allí acostado e inmóvil. Estaba
demasiado cansado para advertir incluso lo hambriento y sediento que se sentía. La bruja y el enano
conversaban no muy lejos de él en voz baja.

—No —dijo el enano—, ya no sirve de nada, mi
reina. Los otros ya deben de haber llegado a la
Mesa de Piedra.

—Tal vez el lobo nos olfatee y nos traiga noticias —comentó la bruja.

—Pues ¡serán buenas noticias! —respondió el enano.

—Cuatro tronos en Cair Paravel —siguió ella—. ¿Qué sucedería si sólo se ocupan tres? Eso no cumpliría la profecía.

—¿Qué importa eso ahora que «él» está aquí? —inquirió el enano, que no se atrevía, ni siquiera entonces, a mencionar el nombre de Aslan a su señora.

—Puede que no se quede mucho tiempo. Y entonces..., caeríamos sobre los tres en Cair.

—Sin embargo, podría ser mejor —indicó el otro—, quedarnos con éste —dio una patada a Edmund al decirlo—, para poder hacer un trato.

—¡Sí! Y que lo rescaten —contestó ella con desdén.

—En ese caso —siguió el enano—, será mejor que hagamos lo que hemos de hacer cuanto antes.

—Me gustaría hacerlo en la misma Mesa de Piedra —dijo la bruja—. Es el lugar apropiado. Es ahí donde siempre se ha hecho.

—Pasará mucho tiempo antes de que se pueda volver a dar a la Mesa de Piedra su uso correcto —observó el enano.

—Cierto —respondió ella; y a continuación—: Bueno, empezaré.

En ese momento, a la carrera y entre gruñidos, un lobo llegó hasta ellos como una exhalación.

—Los he visto. Están todos en la Mesa de Piedra, con él. Han matado a mi capitán, Maugrim. Yo estaba oculto entre los matorrales y lo vi todo. Uno de los Hijos de Adán lo mató. ¡Huid! ¡Huid!

—No —declaró la bruja—; no hay necesidad de huir. Vete a toda velocidad. Llama a todos los tuyos para que se reúnan conmigo aquí tan de prisa como les sea posible. Haz venir a los gigantes y a los hombres lobo y a los espíritus de aquellos árboles que estén de nuestro lado. Convoca a los demonios, a los espantos, a los ogros y a los minotauros. Que acudan los bárbaros, las arpías, los espectros y los habitantes de las setas venenosas. Lucharemos. ¿Cómo? ¿Acaso no tengo todavía mi varita? ¿No se convertirán sus filas en piedra a medida que ataquen? Marcha veloz, tengo un pequeño asunto del cual ocuparme aquí mientras cumples mis órdenes.

La enorme bestia inclinó la cabeza, dio media vuelta y se fue al galope.

—¡Bien! —dijo la bruja—. No tenemos mesa..., veamos. Será mejor que lo pongamos contra el tronco de un árbol.

Edmund fue obligado a incorporarse con rudeza, y luego el enano lo colocó de espaldas contra un árbol y lo ató con fuerza. Vio cómo la bruja se quitaba el manto superior. Los brazos de la mujer estaban desnudos bajo él y eran terriblemente blancos. Debido precisamente a su blancura, el niño pudo distinguirlos, aunque no consiguió ver mucho más, ya que apenas había luz en aquel valle bajo los oscuros árboles.

—Prepara a la víctima —ordenó la bruja.

El enano desabrochó el cuello de la camisa de Edmund y dobló hacia atrás la camisa a la altura del cuello. Luego sujetó al niño del pelo y tiró hacia atrás de su cabeza obligándolo a alzar la barbilla. Después de aquello, Edmund oyó un ruido extraño: zum, zum, zum. Durante un momento no se le ocurrió qué podría ser, pero en seguida lo comprendió. Era el sonido de un cuchillo al ser afilado.

En ese mismo instante oyó fuertes gritos que provenían de todas direcciones, y también un tamborileo de cascos y un batir de alas, un alarido de la bruja y una gran confusión a su alrededor. Y a continuación sintió que lo desataban; unos fuertes brazos lo rodearon y oyó voces potentes y amables que decían cosas como:

—Dejad que se acueste en el suelo.

—Dadle un poco de vino.

—Bebe esto.

—Tranquilo..., te vas a encontrar bien dentro de un minuto.

Luego oyó voces de seres que no le hablaban a él sino que lo hacían entre sí, y que decían:

—¿Quién ha capturado a la bruja?

—Creía que tú la tenías.

—No la he vuelto a ver después de quitarle el cuchillo de la mano.

—Yo iba tras el enano..., ¿estás diciendo que ha escapado?

—¡No puedo ocuparme de todo a la vez!... ¿qué es eso? ¡Vaya, lo siento, no es más que un viejo tronco de árbol!

Justo en aquel punto Edmund perdió el conocimiento.

En un momento los centauros, unicornios, ciervos y pájaros —que por supuesto eran el grupo de rescate; recuerda que Aslan los había enviado en el anterior capítulo— se pusieron en camino para regresar a la Mesa de Piedra, transportando a Edmund con ellos. Sin embargo, de haber podido contemplar lo que sucedió en el valle tras su marcha, creo que se habrían quedado sorprendidos.

Todo estaba en el más absoluto silencio y al poco rato empezó a brillar la luna; de haber estado alguien allí, habría visto como la luz de la luna resplandecía sobre un viejo tronco de árbol y un peñasco de buen tamaño. Aunque de haber seguido mirando poco a poco habría empezado a pensar que había algo raro tanto en el tronco como en la roca, y en seguida se le habría ocurrido que el tronco se parecía extraordinariamente a un hombrecillo gordo acurrucado sobre el suelo. Y de haber permanecido observando el tiempo suficiente habría visto que el tronco andaba hacia el peñasco y este último se incorporaba y empezaba a hablar con el tronco; pues en realidad tanto el tronco como la roca eran simplemente la bruja y el enano, ya que formaba parte de la magia de ésta poder hacer que las cosas parecieran lo que no eran, y había tenido el aplomo suficiente para hacerlo justo en el mismo instante en que le arrebataban el cuchillo de la mano. Había conservado la varita, de modo que ésta también había permanecido a salvo.

Cuando los demás niños despertaron a la mañana siguiente —habían estado durmiendo sobre montones de almohadones en el pabellón—, lo primero que oyeron decir —de boca de la señora Castor— fue que habían rescatado a su hermano y lo habían llevado al campamento entrada la noche; y que éste se hallaba en aquel momento con Aslan. En cuanto terminaron de desayunar todos salieron, y allí encontraron a Aslan y Edmund paseando juntos sobre la hierba cubierta de rocío, apartados del resto de la corte. No hay necesidad de que cuente —y nadie lo oyó jamás— lo que Aslan decía, pero fue una conversación que Edmund nunca olvidó. Cuando los otros muchachos se acercaron, el león se volvió para ir a su encuentro, llevando al niño consigo.

—Aquí está vuestro hermano —dijo—, y... no tenéis por qué hablar con él sobre algo ya pasado.

Edmund estrechó la mano de cada uno y les dijo uno por uno: «Lo siento»; a lo que todos respondieron: «No pasa nada». Y a continuación los tres chiquillos desearon con todas sus fuerzas decir algo que dejara muy claro que volvían a ser amigos suyos, como era natural, pero claro, a nadie se le ocurrió absolutamente nada que decir. Sin embargo, antes de que tuvieran tiempo de sentirse más incómodos, uno de los leopardos se acercó a Aslan y dijo:

—Señor, hay un mensajero del enemigo que reclama audiencia.

—Que se aproxime —respondió el león.

El leopardo se marchó y no tardó en regresar acompañado por el enano de la bruja.

—¿Cuál es tu mensaje, Hijo de la Tierra? —preguntó Aslan.

—La reina de Narnia y emperatriz de las Islas Solitarias desea un salvoconducto para venir y hablar contigo —respondió el enano—, sobre un asunto que es tan ventajoso para ti como para ella.

—¡Reina de Narnia, además! —dijo el señor Castor—. Vaya descaro...

—Tranquilo, castor —repuso Aslan—. Muy pronto todos los nombres serán devueltos a sus legítimos propietarios. Entretanto, no disputaremos sobre ellos. Di a tu señora, Hijo de la Tierra, que le concedo el salvoconducto a condición de que deje su varita en ese roble grande.

Así quedó acordado y los dos leopardos se fueron con el enano para asegurarse de que las condiciones se cumplían.

—Pero supongamos que convierte a los dos leopardos en piedra... —susurró Lucy a Peter.

Creo que la misma idea había pasado por la mente de los leopardos mismos; en cualquier caso, mientras se alejaban, tenían todo el pelaje del lomo de punta y la cola erizada; igual que un gato cuando ve a un perro desconocido.

—Todo irá bien —murmuró Peter como respuesta—. Él no los enviaría si no fuera así.

Unos minutos más tarde la bruja en persona apareció en lo alto de la colina y fue directamente hacia Aslan, deteniéndose ante él. Los tres niños que no la habían visto antes sintieron escalofríos en la espalda ante la visión de su rostro; y se oyeron gruñidos sordos procedentes de todos los animales presentes. A pesar de que el sol brillaba, todo el mundo notó una repentina sensación de frío. Los únicos dos seres presentes que parecían estar a sus anchas eran Aslan y la misma bruja. Resultaba algo de lo más raro contemplar aquellos dos rostros —el rostro dorado y el de un blanco cadavérico— tan cerca el uno del otro. Aunque lo cierto era que la bruja no miraba a Aslan precisamente a los ojos; la señora Castor advirtió ese detalle.

—Tienes a un traidor aquí, Aslan —declaró la bruja.

Desde luego todos los presentes comprendieron que se refería a Edmund; pero éste había dejado de pensar en sí mismo después de todo lo que había padecido y tras la conversación mantenida aquella mañana, de modo que se limitó a seguir con la mirada puesta en Aslan. No parecía importar lo que la bruja dijera.

—Bien —dijo Aslan—, su falta no te perjudicó a ti.

—¿Has olvidado la Magia Insondable? —preguntó la bruja.

—Digamos que la he olvidado —respondió Aslan—. Háblanos de esta Magia Insondable.

—¿Hablaros? —dijo ella con voz que se tornó repentinamente más aguda—. ¿Hablaros de lo que está escrito en la misma Mesa de Piedra que se encuentra junto a nosotros? ¿Hablaros de lo que está escrito en letras tan profundas como larga es una lanza de los hornos de piedra de la Colina Secreta? ¿Deciros lo que está grabado en el cetro del emperador de Allende los Mares? Tú al menos conoces la magia que el emperador colocó en Narnia al principio de todos los tiempos. Sabes que todo traidor me pertenece como presa legítima y que por cada traición tengo derecho a una víctima.

—Vaya —dijo el señor Castor—, de modo que «así» es como llegaste a imaginar que eras reina; porque eras el verdugo del emperador. Entiendo.

—Tranquilo, castor —indicó Aslan, con un gruñido muy sordo.

—Y por lo tanto —prosiguió la bruja—, esa criatura humana es mía. Su vida ha pasado a mi poder. Su sangre me pertenece.

—Ven y atrápala entonces —intervino el toro con cabeza de hombre, con voz atronadora.

—Estúpido —replicó la bruja con una sonrisa salvaje que era casi un gruñido—, ¿realmente crees que vuestro amo puede robarme mis derechos por la simple fuerza? ¿Conoce la Magia Insondable mejor que yo. Sabe que a menos que obtenga sangre, tal como indica la ley, toda Narnia zozobrará y perecerá bajo el fuego y el agua.

—Es muy cierto —repuso Aslan—, no lo niego.

—¡Oh, no Aslan! —susurró Lucy al oído del león—. ¿No podemos... quiero decir, no lo harás, verdad? ¿No podemos hacer algo respecto a la Magia Insondable? ¿No hay nada que puedas emplear en su contra?

—¿Ir contra la magia del emperador? —inquirió él, volviéndose hacia ella con algo parecido a una expresión desaprobadora en el rostro.

Nadie volvió a hacerle tal sugerencia.

Edmund permanecía inmóvil al otro lado de Aslan, con la mirada puesta todo el tiempo en el rostro del león. Tenía una sensación de ahogo y se preguntaba si no debería decir algo; pero al cabo de un instante sintió que no se esperaba de él que hiciera nada excepto aguardar, y hacer lo que le dijeran.

—Retroceded todos vosotros —ordenó Aslan—, y hablaré con la bruja a solas.

Todos obedecieron. Fue un momento terrible aquel, mientras esperaban y se hacían preguntas en tanto que el león y la bruja conversaban muy serios en voz baja.

—¡Edmund! ¡Hermano mío! —exclamó Lucy, y empezó a llorar.

Peter permaneció de espaldas a los otros con la vista puesta en el lejano mar. Los castores se mantuvieron con las patas encogidas y la cabeza inclinada. Los centauros patearon el suelo, inquietos. Sin embargo, aquello aún no había acabado, así que se quedaron totalmente inmóviles, de modo que uno podía percibir incluso sonidos apenas perceptibles como los de un abejorro que pasara volando, o las aves en el bosque situado abajo, o el viento susurrando entre las hojas. Y la conversación entre Aslan y la Bruja Blanca proseguía.

Por fin escucharon la voz de Aslan.

—Todos podéis regresar —anunció—. He solucionado la cuestión. Ha renunciado a su derecho a la sangre de vuestro hermano.

Por toda la colina se oyó un sonido como si todos hubieran estado conteniendo la respiración y ahora empezaran a respirar otra vez, y a continuación sonó un murmullo de conversaciones.

La bruja se alejaba ya con una expresión de feroz júbilo en el rostro cuando se detuvo y dijo:

—Pero ¿cómo sé que se mantendrá esta promesa?

—¡Aaargh! —rugió Aslan, medio alzándose de su trono.

Las enormes fauces se abrieron de par en par y el rugido creció y creció en intensidad, y la bruja, tras contemplarlo con asombro con los labios muy separados, se subió un poco las faldas y puso pies en polvorosa.

CAPÍTULO 14

El triunfo de la bruja

—Debemos marcharnos de este lugar al momento —indicó Aslan en cuanto la bruja hubo desaparecido—, se necesitará para otros menesteres. Acamparemos esta noche en los Vados de Beruna.

Desde luego, todos estaban ansiosos por preguntarle cómo había solucionado la cuestión con la bruja; pero su rostro era severo y a todos les zumbaban los oídos debido al sonido de su rugido y, por lo tanto, nadie se atrevió a abrir la boca.

Tras una comida, que tuvo lugar al aire libre en lo alto de la colina pues el sol había adquirido fuerza y secado la hierba, todos estuvieron muy ocupados durante un tiempo desmontando el pabellón y empaquetando las cosas. Antes de las dos de la tarde iniciaron la marcha y partieron en dirección nordeste, andando tranquilamente, pues no tenían que ir muy lejos.

Durante la primera parte del viaje Aslan explicó a Peter su plan de campaña.

—En cuanto haya puesto fin a sus asuntos en esta parte —dijo—, la bruja y su gente se replegarán casi con toda seguridad a su casa y se prepararán para un asedio. Tal vez consigas cortarle la retirada e impedir que llegue allí, o tal vez no.

A partir de ahí pasó a esbozar dos planes de ataque; uno para combatir a la bruja y los suyos en el bosque y otro para asaltar su castillo. Durante todo ese tiempo aconsejó a Peter cómo llevar a cabo las operaciones, diciendo cosas como: «Debes colocar a tus centauros en tal y tal sitio» o «Debes enviar exploradores para asegurarte de que ella no haga esto y aquello», hasta que por fin Peter preguntó:

—Pero ¿tú estarás allí, Aslan?

—No puedo prometer nada —respondió el león, y siguió dando instrucciones al muchacho.

Durante la última parte del viaje fueron Susan y Lucy quienes estuvieron más tiempo con él, aunque no habló demasiado y les pareció que estaba triste.

No había transcurrido aún la tarde cuando llegaron a un lugar donde el cauce del río se había ensanchado y el río era amplio y poco profundo. Eran los Vados de Beruna y Aslan dio orden de detenerse en aquel lado de las aguas; pero Peter dijo:

—¿No sería mejor acampar en el otro extremo, por si acaso ella decidiera intentar un ataque nocturno o algo parecido?

Aslan, que parecía estar pensando en otra cosa, salió de su ensimismamiento con una sacudida de la magnífica melena y respondió:

—¿Eh? ¿Qué sucede?

Peter volvió a repetirlo.

—No —dijo el león con voz apagada, como si no importara—. No; no llevará a cabo un ataque esta noche. —Y lanzó un profundo suspiro; aunque al poco prosiguió—: De todos modos, bien pensado. Así es como debería pensar un soldado. Aunque en realidad no importa.

De modo que empezaron a montar el campamento.

El estado de ánimo de Aslan afectó a todo el mundo aquel atardecer. Peter se sentía inquieto también ante la idea de librar aquella batalla por su cuenta; la noticia de que Aslan podría no estar presente le había producido una gran conmoción. La cena aquella noche fue una comida silenciosa, y todos advirtieron lo diferente que había sido la noche anterior o incluso aquella misma mañana. Parecía como si los buenos tiempos, que acababan de empezar, se acercaran ya a su fin.

Aquella sensación afectó tanto a Susan que la

niña no conseguía conciliar el sueño. Tras haber permanecido acostada contando ovejas y dando vueltas y más vueltas, oyó que Lucy profería un largo suspiro y se removía justo a su lado, en la oscuridad.

—¿Tampoco tú puedes dormir? —preguntó Susan.

—No; pensaba que dormías. ¡Oye, Susan!

—¿Qué?

—Tengo una sensación muy horrible; como si algo se nos echara encima.

—¿Ah, sí, la tienes? Porque, en realidad, a mí me pasa lo mismo.

—Tiene que ver con Aslan —continuó Lucy—. O bien algo espantoso va a sucederle, o es algo espantoso que él va a hacer.

—Se ha comportado de un modo muy raro toda la tarde —dijo Susan—. ¡Lucy! ¿Qué fue lo que dijo sobre no estar con nosotros durante la batalla? No creerás que va a escabullirse y abandonarnos esta noche, ¿verdad?

—¿Dónde está ahora? —inquirió Lucy—. ¿Está aquí en el pabellón?

—No lo creo.

—¡Susan!, salgamos y echemos un vistazo. Tal vez lo veamos.

—De acuerdo. Hagámoslo —accedió su hermana—; será mejor que hagamos eso en lugar de quedarnos aquí despiertas.

Con gran sigilo las dos niñas avanzaron a tientas por entre los que dormían y se deslizaron en silencio fuera de la tienda. La luz de la luna brillaba con fuerza y todo estaba muy silencioso, a excepción del ruido del río que borboteaba sobre las piedras. Entonces Susan agarró el brazo de Lucy y exclamó:

—¡Mira!

En el otro extremo del campamento, justo donde empezaban los árboles, vieron como el león se alejaba despacio y penetraba en el bosque. Lo siguieron sin decir ni una palabra.

Las condujo por la empinada ladera que salía del valle del río y luego se desviaba ligeramente a la derecha; en apariencia se trataba de la misma ruta que habían seguido por la tarde para llegar hasta allí, desde la colina de la Mesa de Piedra. El león prosiguió sin una pausa, conduciéndolas al interior de oscuras sombras y a campo abierto bajo la pálida luz de la luna, y consiguiendo que sus pies quedaran bien empapados por el abundante rocío. De algún modo parecía distinto del Aslan que conocían. La cola y la cabeza estaban gachas y andaba despacio, como si estuviera muy, muy cansado. Entonces, cuando cruzaban una amplia extensión de terreno despejado en el que no había sombras en las que las niñas pudieran ocultarse, el león se detuvo y miró a su alrededor. De nada servía salir corriendo, así que se acercaron a él. Cuando llegaron a su lado, les dijo:

—Niñas, niñas, ¿por qué me seguís?

—No podíamos dormir —respondió Lucy; y tuvo la seguridad de que no necesitaba decir nada más y que Aslan sabía todo lo que habían estado pensando.

—Por favor, ¿podemos ir contigo..., donde sea que vayas? —suplicó Susan.

—Bueno... —dijo él, y pareció meditarlo; al cabo de un rato continuó—: Me gustaría tener compañía esta noche. Sí, podéis venir, si me prometéis que os detendréis cuando yo os lo indique, y que después de eso me dejaréis continuar solo.

—Gracias, muchas gracias. Así lo haremos —respondieron las dos niñas.

Siguieron adelante y las niñas se colocaron una a cada lado del león. ¡Qué despacio andaba! Y la enorme y regia cabeza estaba tan inclinada que su hocico casi tocaba la hierba. Al cabo de un rato tropezó y lanzó un sordo gemido.

—¡Aslan! ¡Querido Aslan! —dijo Lucy—. ¿Qué sucede? ¿No puedes decírnoslo?

—¿Estás enfermo, Aslan? —inquirió Susan.

—No —respondió él—; estoy triste y me siento solo. Colocad vuestras manos sobre mi melena de modo que pueda sentir que estáis ahí y continuemos andando.

Y de ese modo las niñas hicieron lo que jamás se habrían atrevido a hacer sin su permiso, pero que habían ansiado desde la primera vez que lo vieron: enterraron las frías manos en el hermoso océano de su pelaje y lo acariciaron, y mientras lo hacían, anduvieron junto a él. No tardaron en darse cuenta de que estaban ascendiendo por la ladera de la colina en la que se alzaba la Mesa de Piedra. Lo hicieron por el lado donde los árboles llegaban más arriba, y cuando alcanzaron el último árbol, uno que estaba rodeado de matorrales, Aslan se detuvo y dijo:

—Niñas, mis queridas niñas. Aquí debéis deteneros. Y suceda lo que suceda, no dejéis que os vean. Adiós.

Y las dos niñas lloraron amargamente —a pesar de que apenas sabían el motivo— y se abrazaron al león y besaron su melena, su hocico, sus patas y sus enormes y tristes ojos. Luego él se apartó de ellas y siguió adelante hasta lo alto de la colina. Lucy y Susan, agazapadas en los matorrales, lo siguieron con la mirada, y esto fue lo que vieron.

Había una gran muchedumbre aguardando

alrededor de la Mesa de Piedra y aunque la luna brillaba, muchos de ellos sostenían antorchas que ardían con malévolas llamas rojas y humo negro. ¡Tenían una pinta horrible! Ogros con dientes monstruosos, lobos y hombres con cabezas de toros; espíritus de árboles malignos y plantas venenosas; y otras criaturas que no describiré porque si lo hiciera los adultos probablemente no te permitirían leer este libro: espantos, arpías, íncubos, espectros, diablos, efrets, trasgos, orknies, duendes y etens. En realidad allí estaban todos los que pertenecían al bando de la bruja y que el lobo había convocado siguiendo sus órdenes; y justo en el centro, de pie junto a la Mesa, se hallaba la bruja en persona.

Un aullido y un farfullar consternado surgió de las criaturas cuando vieron al gran león que avanzaba despacio hacia ellas, y por un momento incluso la bruja pareció dominada por el temor. Se recuperó en seguida, no obstante, y soltó una salvaje carcajada.

—¡Idiota! —exclamó—. El muy idiota ha venido. Atadlo bien.

Lucy y Susan contuvieron el aliento a la espera de oír el rugido de Aslan y verlo saltar sobre sus enemigos; pero no sucedió. Cuatro arpías, de expresiones burlonas y maliciosas, aunque también, al principio, vacilantes y medio asustadas por lo que debían hacer, se habían acercado a él.

—¡Atadlo, he dicho! —repitió la Bruja Blanca.

Las arpías se abalanzaron sobre él y profirieron un agudo chillido triunfal cuando vieron que no ofrecía resistencia. A continuación otros —enanos y monos malvados— se apresuraron a ayudarlas, y entre todos pusieron al león acostado de espaldas y le ataron las cuatro patas juntas, sin dejar de lanzar gritos y aclamaciones como si hubieran hecho algo muy valeroso, aunque, de haberlo querido el león, una de aquellas garras habría supuesto la muerte de todos ellos. Sin embargo no hizo ningún ruido, ni siquiera cuando los enemigos, tensando y tirando, ataron las cuerdas con tal fuerza que se le clavaron en la carne. Luego empezaron a arrastrarlo hacia la Mesa de Piedra.

—¡Deteneos! —ordenó la bruja—. Hay que afeitarlo primero.

Otro estallido de carcajadas ruines se alzó entre sus seguidores cuando un ogro con un par de tijeras de esquilar se adelantó y fue a agacharse junto a la cabeza de Aslan. El instrumento chasqueó y chasqueó en sus manos, y masas de dorados rizos empezaron a caer al suelo. A continuación el ogro retrocedió y las niñas, que observaban desde su escondite, contemplaron el rostro del león que entonces parecía muy pequeño y distinto sin su melena. Los enemigos también observaron la diferencia.

—¡Vaya, pues si no es más que un gato grande, al fin y al cabo! —chilló uno.

—¿«Esto» es lo que tanto temíamos? —dijo otro.

Se apelotonaron alrededor de Aslan, mofándose, a la vez que le decían cosas como:

—¡Gatito, gatito! Pobre gatito.

—¿Cuántos ratones has atrapado hoy, gato?

—¿Quieres tu platito de leche, minino?

—Pero ¿cómo pueden? —exclamó Lucy, con lágrimas corriéndole por las mejillas—. ¡Son unos bestias, unos bestias!

Pues ahora que había pasado la primera impresión, el rostro esquilado de Aslan le parecía más valiente, más hermoso y más paciente que nunca.

—¡Ponedle el bozal! —dijo la bruja.

Incluso entonces, mientras forcejeaban con su boca para colocarle el bozal, un mordisco de sus fauces les habría costado las manos a dos o tres. Sin embargo, no se movió ni una vez, y aquello pareció enfurecer a la multitud. Todos se abalanzaron sobre él entonces. Aquellos que habían temido acercársele, incluso después de que lo ataran, empezaron a recuperar el valor, y durante unos minutos las dos niñas ni siquiera pudieron verlo, de tantas como eran las criaturas que lo rodeaban para asestarle patadas y golpes, escupirle y burlarse de él.

Por fin la chusma tuvo suficiente, y empezaron a arrastrar al atado y amordazado león hacia la Mesa de Piedra, unos tirando y otros empujando. Era un animal tan enorme que incluso cuando lo tuvieron allí fue necesario efectuar un supremo esfuerzo para conseguir izarlo hasta la parte superior. Una vez sobre la Mesa, volvieron a atarlo con más cuerdas y a tensarlas bien.

—¡Cobardes! ¡Cobardes! —sollozó Susan—. ¿Todavía le temen, incluso ahora?

Una vez que Aslan quedó atado —atado de tal forma que en realidad era una masa de cuerdas— sobre la piedra plana, toda la muchedumbre se quedó silenciosa de repente. Cuatro arpías, que sostenían cuatro antorchas, se colocaron en las esquinas de la Mesa. La bruja se descubrió los brazos como lo había hecho la noche anterior cuando su presa había sido Edmund en lugar de Aslan, y a continuación empezó a afilar el cuchillo. A las niñas les pareció, cuando el destello de las antorchas cayó sobre él, que el cuchillo estaba hecho de piedra, no de acero, y que tenía un forma extraña y maligna.

Por fin la bruja se acercó, y fue a colocarse junto

a la cabeza de Aslan. La mujer tenía el rostro crispado y convulsionado por la ira, mientras que el del león contemplaba el cielo, todavía inmóvil, sin cólera ni temor, tan sólo un poco entristecido. Entonces, justo antes de asestar el golpe, la bruja se inclinó hacia él y dijo con voz estremecida:

—Y ahora, ¿quién ha ganado? Idiota, ¿creíste que con todo esto salvarías al traidor humano? Ahora te mataré a ti en lugar de a él tal como pactamos, de modo que la Magia Insondable quede aplacada. Pero cuando estés muerto, ¿qué me impedirá matarlo también a él? ¿Y quién me lo quitará de las manos entonces? Comprende ahora que me has entregado Narnia para siempre, has perdido tu propia vida y no has salvado la de él. Sabiendo eso, desespera y muere.

Las niñas no vieron el momento en que lo mataba, pues no pudieron soportar contemplarlo y se taparon los ojos.

CAPÍTULO 15

Magia Más Insondable de antes de los albores del tiempo

Mientras seguían agazapadas en los arbustos con las manos sobre el rostro, las dos niñas oyeron la voz de la bruja que gritaba:

—¡Ahora! ¡Seguidme todos y daremos fin a lo que queda de esta guerra! No necesitaremos mucho tiempo para aplastar a las sabandijas humanas y a los traidores ahora que el gran idiota, el gran gato, está muerto.

En aquel momento las niñas corrieron, por unos pocos segundos, un gran peligro, pues entre gritos salvajes y un agudo sonido de gaitas y estridentes trompas, toda aquella repugnante chusma abandonó en tromba la cima de la colina descendiendo por la ladera y pasando justo junto a su escondite. Notaron como los espectros pasaban por su lado como un viento helado y como el suelo temblaba a sus pies bajo el galopar de los cascos de los minotauros; y sobre sus cabezas pasó un revoloteo de asquerosas alas y una negra masa de buitres y murciélagos gigantes. En cualquier otro momento habrían temblado de miedo; pero en aquellos instantes la tristeza, la vergüenza y el horror de la muerte de Aslan ocupaban hasta tal punto sus mentes que apenas pensaron en ello.

En cuanto el bosque volvió a quedar en silencio, Susan y Lucy se deslizaron sigilosas hasta la cima al descubierto de la colina. La luna empezaba a descender y finas nubes la atravesaban, pero aún pudieron ver la figura del león que yacía atado y sin vida. Las dos se arrodillaron sobre la húmeda hierba y besaron su rostro helado y acariciaron su hermoso pelaje —lo que quedaba de él—, y lloraron hasta quedarse sin lágrimas. Luego se miraron la una a la otra, se tomaron de las manos sintiéndose muy solas y volvieron a llorar; y a continuación volvieron a quedar en silencio. Finalmente, Lucy dijo:

—No soporto contemplar ese horrible bozal. ¿No podríamos quitárselo?

Así pues lo intentaron; y tras muchos esfuerzos, debido a que tenían los dedos helados y además era la hora más oscura de la noche, consiguieron su objetivo. En cuanto vieron su rostro sin él, volvieron a prorrumpir en lágrimas y lo besaron y acariciaron y limpiaron la sangre y la espuma tan bien como pudieron. La suya era un sensación de soledad, desesperación y espanto mucho mayor de la que yo sabría describir.

—Y me pregunto, ¿no podríamos desatarlo también? —dijo Susan entonces.

Sin embargo los enemigos, por pura malevolencia, habían tensado las cuerdas de tal modo que las niñas no consiguieron deshacer los nudos.

Espero que nadie que lea este libro se haya sentido jamás tan desdichado como se sentían Susan y Lucy aquella noche; pero si alguien se ha sentido así —si ha permanecido despierto toda la noche y llorado hasta quedarse sin lágrimas— sabrá que al final llega una especie de calma. Uno se siente como si nada fuera a suceder de ahí en adelante. En cualquier caso, así fue como se sintieron ellas dos. Parecieron transcurrir horas y horas en medio de aquella calma absoluta, y apenas se dieron cuenta de que cada vez sentían más frío. Pero por fin Lucy advirtió otras dos cosas. Una fue que el cielo por el lado este de la colina estaba un poco menos oscuro de lo que lo había estado una hora antes; la otra fue un movimiento apenas perceptible en la hierba a sus pies. Al principio no sintió ningún interés por esto último. ¿Qué importaba? ¡Nada importaba ya! Pero finalmente observó que lo que quiera que fuera había empezado a ascender por las piedras verticales de la Mesa de Piedra, y que se movía ya sobre el cuerpo de Aslan. Miró con más atención. Eran unas cositas grises.

—¡Puaj! —exclamó Susan desde el otro lado de la Mesa—. ¡Qué asqueroso! Hay unos ratones horribles reptando por todo su cuerpo. Fuera, criaturas mugrientas. —Y alzó la mano para asustarlos y que se marcharan.

—¡Espera! —dijo Lucy, que los había estado contemplando con más atención—. ¿Distingues lo que hacen?

Las dos niñas se inclinaron al frente y observaron fijamente.

—Creo... —empezó Susan—. Pero ¡qué curioso! ¡Están mordisqueando las cuerdas!

—Eso mismo pensaba yo —indicó Lucy—. Creo que los ratones están de nuestro lado. Pobrecillos, no se dan cuenta de que está muerto. Creen que servirá de algo desatarlo.

Sin lugar a dudas había más luz ya, y cada una de las niñas observó por vez primera el rostro pálido de la otra. Vieron cómo los ratones mordisqueaban las sogas; eran docenas y docenas, incluso cientos, de pequeños ratones de campo. Finalmente, una a una, las cuerdas quedaron totalmente roídas.

El cielo por el este empezaba a clarear ya en aquellos momentos y las estrellas a desvanecerse; todas excepto una muy grande situada en un punto bajo del horizonte oriental. Las dos hermanas sintieron más frío del que habían sentido durante toda la noche. Los ratones desaparecieron en silencio.

Las niñas apartaron los restos de las cuerdas roídas. Aslan se parecía más a sí mismo sin cuerdas. A medida que aumentaba la luz y podían verlo con más detalle, se dieron cuenta de que su rostro sin vida resultaba más noble a cada momento que pasaba.

En el bosque a sus espaldas un pájaro emitió un gorjeo. Todo había estado tan silencioso durante horas y horas que el sonido las sobresaltó. Entonces otro pájaro respondió, y no tardó en oírse el canto de aves por todas partes.

Sin lugar a dudas era ya el amanecer, no el final de la noche.

—Tengo mucho frío —dijo Lucy.

—Yo también —respondió Susan—. Caminemos un poco.

Fueron hacia el borde oriental de la colina y miraron abajo. La solitaria estrella grande casi había desaparecido. El terreno se veía de un color gris oscuro, pero más allá, en el mismo final del mundo, el mar aparecía pálido. El cielo empezó a enrojecer. Anduvieron de un lado a otro más veces de las que fueron capaces de contar entre el cuerpo sin vida de Aslan y la cresta oriental, intentando entrar en calor; y ¡Dios mío, qué cansadas notaban las piernas! Luego, por fin, mientras permanecían por un instante con la vista puesta en dirección al mar y a Cair Paravel, que en aquellos momentos ya empezaban a distinguir, el rojo se convirtió en dorado a lo largo de la línea donde se unían el cielo y el mar y, muy despacio, apareció la silueta del sol. En ese instante oyeron a su espalda un fuerte ruido; un enorme y ensor-

decedor crujido, como si un gigante acabara de romper un plato descomunal.

—¿Qué es eso? —preguntó Lucy, aferrándose al brazo de Susan.

—Me... me da miedo volverme —dijo ella—; sucede algo horrible.

—Le están haciendo algo peor —declaró Lucy—. ¡Vamos! —Se dio la vuelta, arrastrando a Susan con ella.

La salida del sol había hecho que todo tuviera un aspecto muy diferente —todos los colores y sombras habían cambiado—, tanto que por un momento no vieron lo más importante. Aunque no tardaron en verlo. La Mesa de Piedra estaba rota en dos pedazos con una enorme hendidura que la recorría de extremo a extremo; y no había ni rastro de Aslan.

—¡Oh, oh! —exclamaron las dos, regresando a toda prisa hasta la Mesa.

—No, esto es insoportable —sollozó Lucy—; podrían haber dejado en paz el cuerpo.

—¿Quién lo ha hecho? —exclamó Susan—. ¿Qué significa? ¿Es magia?

—¡Sí! —contestó una potente voz a su espalda—. Es más magia.

Se dieron la vuelta. Allí, brillando bajo la luz del amanecer, más grande de lo que lo habían visto antes, sacudiendo la melena, que al parecer había vuelto a crecer, estaba el propio Aslan.

—¡Aslan! —exclamaron las dos niñas a la vez, alzando la vista hacia él, casi tan asustadas como felices.

—¿No estás muerto, entonces, querido Aslan? —preguntó Lucy.

—Ahora no.

—¿No serás... un...? —inquirió Susan con voz temblorosa, incapaz de pronunciar la palabra *fantasma*.

Aslan inclinó la dorada cabeza y le lamió la frente. El calor de su aliento y una especie de fuerte aroma que parecía envolver su melena embargó a la niña.

—¿Lo parezco? —preguntó el león.

—¡Eres real, eres real! ¡Qué bien, Aslan! —exclamó Lucy, y las dos hermanas se arrojaron sobre él y lo cubrieron de besos.

—Pero ¿qué significa todo esto? —quiso saber Susan cuando estuvieron algo más tranquilas.

—Significa —respondió Aslan— que aunque la bruja conocía la existencia de la Magia Insondable, existe una Magia Más Insondable aún que ella desconoce. Sus conocimientos se remontan únicamente a los albores del tiempo; pero si hubiera podido mirar un poco más atrás, a la quietud y la oscuridad que existía antes del amanecer del tiempo, habría leído allí un sortilegio distinto. Habría sabido que cuando una víctima voluntaria que no ha cometido ninguna traición fuera ejecutada en lugar de un traidor, la Mesa se rompería y la muerte misma efectuaría un movimiento de retroceso. Y ahora...

—Sí, dinos, ¿y ahora? —quiso saber Lucy, dando saltos y palmadas.

—Niñas, niñas —repuso el león—, siento que las fuerzas regresan a mí. ¡Niñas, pilladme si podéis!

Se quedó quieto durante un segundo, con los ojos muy brillantes, las patas estremecidas y sin dejar de azotarse a sí mismo con la cola. Luego efectuó un gran salto por encima de las cabezas de las dos hermanas y fue a aterrizar al lado contrario de la Mesa. Riendo, aunque sin saber el motivo, Lucy trepó al otro lado para atraparlo. Aslan volvió a saltar, y se inició una loca persecución. Les hizo dar vueltas una y otra vez alrededor de la cima de la colina, ora desesperadamente fuera de su alcance, ora dejando que casi le agarraran la cola, ora pasando entre ellas, ora arrojándolas al aire con las enormes y almohadilladas zarpas para a continuación volverlas a agarrar y luego detenerse de improviso, de modo que los tres rodasen juntos por el suelo en un alegre y risueño montón de pelo, brazos y piernas. Jamás se había conocido en Narnia un retozar semejante; y Lucy no acabó de decidir si fue más parecido a jugar con una tormenta o con un gatito. Lo más divertido de todo fue que cuando por fin acabaron los tres tumbados y jadeando bajo el sol, las niñas ya no se sentían en absoluto cansadas, hambrientas ni sedientas.

—Y ahora —anunció Aslan—, a trabajar. Creo que voy a lanzar un rugido, de modo que será mejor que os tapéis los oídos.

Y eso hicieron. Aslan se irguió entonces y cuando abrió las fauces para rugir, su rostro se tornó tan terrible que las chiquillas no se atrevieron a mirarlo. Y vieron cómo todos los árboles situados frente a él se doblaban ante la ráfaga de aire provocada por el rugido, igual que la hierba se inclina en un prado ante el viento. Cuando terminó dijo:

—Nos queda un largo camino por delante. Debéis montar sobre mi lomo.

Se agachó y las niñas subieron a su cálido y dorado lomo; Susan se sentó delante, agarrando con fuerza su melena, y Lucy se colocó detrás bien sujeta a su hermana. El león se levantó con un fuerte impulso y luego salió disparado, más veloz de lo que podría correr cualquier caballo, ladera abajo y al interior del bosque.

Aquel paseo fue tal vez lo más maravilloso que les sucedió en Narnia. ¿Has galopado alguna vez a lomo de un caballo? Piensa en ello; y luego elimina el ruido de los cascos y el tintineo del bocado e imagina en su lugar el casi silencioso acolchado de las enormes garras. A continuación imagina en lugar del lomo negro, gris o zaino del caballo, la suave aspereza de un pelaje dorado, y la melena ondeando hacia atrás a impulsos del viento; y luego imagina que vas el doble de rápido que el caballo de carreras más veloz. Además, la tuya es una montura que no necesita que la guíen y que jamás se cansa. Corre y corre, sin perder el equilibrio jamás, sin una vacilación, deslizándose por entre los troncos de los árboles con absoluta destreza, saltando por encima de arbustos y de zarzas y de los arroyos más pequeños, en tanto que vadea los cursos de agua de mayor tamaño y cruza a nado el más grande de todos. Además viajas no por una carretera, ni un parque, ni siquiera sobre dunas, sino justo a través de Narnia, en primavera, recorriendo solemnes avenidas de hayas y cruzando soleados claros rodeados de robles, atravesando bosquecillos de cerezos silvestres de flores blancas como la nieve, dejando atrás cascadas estruendosas, rocas cubiertas de musgo y cavernas retumbantes, ascendiendo por laderas sinuosas llenas de aulagas, atravesando desniveles de montañas cubiertas de brezos, recorriendo vertiginosas cumbres para a continuación descender, descender y descender al interior de valles inexplorados y salir a kilómetros y más kilómetros de flores azules.

Era casi mediodía cuando se encontraron en lo alto de una empinada ladera contemplando un castillo situado a sus pies —un castillo que parecía de juguete visto desde donde estaban— que daba la impresión de ser un conjunto de torres puntiagudas. El león corría a tal velocidad, no obstante, que el edificio fue creciendo por momentos y antes de que tuvieran tiempo siquiera de preguntarse qué era, se hallaron ya a la misma altura que él. Y entonces dejó de parecer un castillo de juguete y se alzó amenazador ante ellos. Ningún rostro apareció por encima de las almenas y las puertas estaban cerradas a cal y canto; pero Aslan, sin aminorar el paso, se lanzó como una bala hacia ellas.

—¡El hogar de la bruja! —gritó—. Ahora, niñas, sujetaos con fuerza.

Al cabo de un instante todo el mundo pareció volverse del revés, y a las niñas se les hizo un nudo en el estómago; pues el león había tomado impulso para efectuar el mayor salto que había llevado a cabo jamás y saltó —o tal vez se podría decir que voló— por encima de la muralla del castillo. Las dos niñas, sin aliento, pero ilesas, se encontraron rodando fuera de su lomo en medio de un enorme patio de piedra lleno de estatuas.

CAPÍTULO 16

Lo que sucedió con las estatuas

—¡Qué lugar tan extraordinario! —exclamó Lucy—. ¡Todos esos animales de piedra... y también personas! Es... es como un museo.

—Silencio —advirtió Susan—, Aslan está haciendo algo.

Desde luego que hacía algo. Había saltado hasta el león de piedra y había soplado sobre él. Luego, sin aguardar ni un instante, giró en redondo —casi igual que si fuera un gato intentando atrapar su propia cola— y sopló también sobre el enano de piedra, que, como recordarás, estaba situado a pocos metros del león, de espaldas a él. A continuación, el león saltó sobre una alta ninfa del bosque de piedra colocada algo más allá del enano, se dio la vuelta veloz para ocuparse de un conejo de piedra que estaba a su derecha, y corrió hacia dos centauros. Justo en aquel momento Lucy dijo:

—¡Susan! ¡Mira! Mira el león.

Supongo que alguna vez habrás visto a alguien acercar un fósforo encendido a una hoja de periódico colocada bajo una parrilla sobre un fuego apagado. Durante un segundo no parece que haya sucedido nada, y luego observas una diminuta llama que se desliza despacio por el borde del periódico. Entonces sucedió algo parecido. Durante un segundo después de que Aslan hubiera soplado sobre él, el león siguió igual. Pero de repente un diminuto haz dorado empezó a recorrer el lomo de mármol blanco..., luego se extendió..., a continuación el color pareció lamer su superficie igual que la llama lame toda la extensión de una hoja de papel..., al poco tiempo, mientras los cuartos traseros seguían siendo evidentemente de piedra, el león sacudió la melena y todos los gruesos pliegues petrificados se agitaron convirtiéndose en auténticos cabellos. En seguida abrió una enorme boca roja, cálida y llena de vida, y lanzó un prodigioso bostezo. Mientras tanto, las patas traseras habían cobrado vida, así que alzó una y se rascó. Entonces, al descubrir la presencia de Aslan, fue brincando hasta él y se dedicó a retozar a su alrededor, profiriendo rugidos de alegría a la vez que le lamía el rostro.

Las miradas de las niñas iban de un lado a otro

para seguir al león; pero el espectáculo que se ofreció a sus ojos fue tan maravilloso que no tardaron en olvidarse de él. Por todas partes las estatuas cobraban vida, y el patio ya no parecía un museo; más bien recordaba a un zoológico. Las criaturas corrían tras Aslan y danzaban a su alrededor en tal cantidad que éste quedó casi oculto en medio de la multitud. En lugar de toda aquella palidez sin vida, el patio se había convertido en un derroche de color; los costados castaño brillante de los centauros, los cuernos color añil de los unicornios, el plumaje deslumbrante de las aves, el marrón rojizo de los zorros, perros y sátiros, las medias amarillas y los gorros rojos de los enanos; y las muchachas abedul vestidas de color plata, las chicas haya de un vivo color verde transparente y las muchachas alerce de un verde tan brillante que era casi amarillo. Y en lugar del silencio sepulcral que antes inundaba la sala, todo el lugar retumbaba con el sonido de alegres rugidos, gruñidos, rebuznos, ladridos, chillidos, arrullos, relinchos, pateos, gritos, aclamaciones, canciones y risas.

—¡Ay! —exclamó Susan en un tono distinto—. Eso ¿no será peligroso?

Lucy miró y vio que Aslan acababa de soplar sobre los pies del gigante de piedra.

—¡No pasa nada! —gritó Aslan jubiloso—. En cuanto los pies estén bien, le seguirá el resto.

—No me refería a eso exactamente —murmuró Susan a Lucy.

Sin embargo era demasiado tarde para hacer nada al respecto, incluso aunque Aslan le hubiera hecho caso. El cambio se extendía ya por las piernas del gigante, que empezaba a poder mover los pies. Al cabo de un instante alzó el garrote que llevaba al hombro, se frotó los ojos y dijo:

—¡Santo cielo! Debo de haber dormido una buena siesta. ¡Vaya! ¿Dónde está esa dichosa bruja que correteaba por el suelo? Estaba en algún sitio junto a mis pies.

Pero después de que todos le hubieron explicado a gritos lo que había sucedido en realidad, y él se hubiera llevado la mano a la oreja y les hubiera pedido que lo repitieran todo otra vez hasta que por fin lo entendió, el gigante se inclinó hasta que su cabeza no quedó más alta que la parte superior de un pajar y se llevó la mano a la gorra varias veces a modo de saludo a Aslan, con una sonrisa de oreja a oreja en su rostro feo pero sincero. Como los gigantes en general son ahora tan escasos en nuestro mundo, y hay tan pocos que tengan buen carácter, apostaría diez a uno a que jamás has visto un gigante con una sonrisa resplandeciente en el rostro. Es una visión digna de ser contemplada.

—¡Ahora a la casa! —gritó Aslan—. ¡Busquemos, todos! ¡Escaleras arriba y escaleras abajo y en los aposentos de la dama! No dejéis ni un rincón por registrar. Nunca se sabe dónde puede haber sido ocultado un pobre prisionero.

Y todos entraron corriendo y durante varios minutos por todo aquel oscuro, horrible y mohoso castillo viejo resonaron el abrir de ventanas y los gritos de todas aquellas criaturas chillando a la vez:

—¡No olvidéis las mazmorras!

—¡Echadnos una mano con esta puerta!

—¡Aquí hay otra escalera de caracol!

—¡Vaya! Aquí hay un pobre canguro. Llamad a Aslan.

—¡Uff! Qué mal huele aquí dentro.

—Buscad trampillas.

—¡Aquí arriba! ¡Hay toda una colección en el rellano!

Pero lo mejor de todo fue cuando Lucy subió corriendo la escalera y gritó:

—¡Aslan! ¡Aslan! He encontrado al señor Tumnus. Ven, de prisa.

Al poco rato Lucy y el pequeño fauno habían entrelazado sus manos y bailaban dando vueltas y más vueltas llenos de alegría. Al señor Tumnus no parecía haberle producido ningún daño la experiencia de ser una estatua y estaba, desde luego, muy interesado en todo lo que Lucy tenía que contarle.

Finalmente, no obstante, concluyó el registro de la fortaleza de la bruja. Todo el castillo quedó vacío, con todas las puertas y ventanas abiertas, y la luz y la dulce brisa primaveral penetrando a raudales en todos los oscuros y siniestros lugares que tanto lo necesitaban. Toda la multitud de estatuas liberadas regresó en tropel al patio, y fue entonces cuando alguien, el señor Tumnus, creo, dijo:

—Pero ¿cómo vamos a salir?

Pues Aslan había entrado saltando y las puertas seguían cerradas con llave.

—Todo se solucionará —aseguró el león; y a continuación, alzándose sobre las patas traseras, se dirigió al gigante a voz en grito—: ¡Eh! El de ahí arriba —rugió—. ¿Cómo te llamas?

—Soy el gigante Torpón, con permiso de su señoría —respondió el gigante, volviéndose a llevar la mano a la gorra.

—Pues bien, gigante Torpón —dijo Aslan—, sácanos de aquí, ¿quieres?

—Con mucho gusto, su señoría. Será un placer —respondió el gigante—. Colocaos bien lejos de las puertas, pequeños.

Luego avanzó hasta la entrada y golpeó con su enorme garrote: Bang, bang, bang. Las puertas crujieron al primer golpe, se resquebrajaron al segundo y se estremecieron al tercero. A continuación la emprendió contra las torres situadas a ambos lados de ellas, y tras unos pocos minutos de asestar golpes y mamporros, las dos torres y un buen pedazo de pared a cada lado se derrumbaron con un ruido atronador convertidos en una masa de cascotes; y cuando el polvo se desvaneció resultó muy raro estar allí de pie, en aquel marchito y lúgubre patio de piedra, y contemplar a través de la abertura toda la hierba, árboles ondulantes y centelleantes arroyos del bosque, y las azules colinas situadas más allá y el cielo detrás de ellas.

—Vaya, estoy sudando a chorros —dijo el gigante, resoplando como la locomotora más grande del mundo—. Eso se debe a que no estoy en forma. Supongo que ninguna de ustedes dos, jovencitas, tiene en su poder algo llamado pañuelo.

—Sí, yo tengo uno —respondió Lucy, poniéndose de puntillas a la vez que alzaba el pañuelo todo lo que podía.

—Gracias, señorita —repuso el gigante Torpón, inclinándose.

Al cabo de un instante Lucy se llevó un buen susto, pues se vio alzada por los aires, sujeta entre el índice y el pulgar del gigante. No obstante, justo cuando éste la acercaba a su rostro, la contempló de repente con un sobresalto y la volvió a dejar con sumo cuidado en el suelo mientras murmuraba:

—¡Santo cielo! He tomado a la niñita en lugar del pañuelo. Le pido perdón, señorita, ¡me he confundido!

—No, no —dijo ella, riendo—, ¡aquí está!

En esa ocasión el gigante sí consiguió agarrarlo, pero para él tenía el mismo tamaño que una tableta de sacarina tendría para uno de nosotros, de modo que cuando Lucy vio cómo se lo pasaba con toda solemnidad de un lado a otro de su rostro, enorme y colorado, comentó:

—Me temo que no le sirve de gran cosa, señor Torpón.

—Nada de eso. Nada de eso —respondió él con toda educación—. Jamás he visto un pañuelo más bonito. Tan delicado, tan práctico. Tan... no sé cómo describirlo.

—¡Es un gigante de lo más amable! —dijo Lucy al señor Tumnus.

—Sí, sí —respondió el fauno—. Todos los de su estirpe lo son. Una de las familias de gigantes más respetadas de Narnia. No muy listos, tal vez, aunque nunca he conocido a un gigante que lo sea, pero una familia muy antigua. Con tradiciones, ¿sabes? Si hubiera sido de la otra clase ella jamás lo habría convertido en piedra.

En aquel momento Aslan dio una palmada con las zarpas y pidió silencio.

—Nuestra tarea no ha finalizado aún —anunció—, y si hay que derrotar a la bruja definitivamente antes de la hora de dormir, debemos ir a la batalla sin perder un minuto.

—¡Y luchar nosotros también, señor! ¡Eso espero! —añadió el centauro de mayor tamaño.

—Desde luego —repuso Aslan—. ¡Y en seguida! Aquellos que no puedan mantener el ritmo, es decir: niños, enanos y animales pequeños, deben viajar montados en los lomos de los que sí puedan, es decir: leones, centauros, unicornios, caballos, gigantes y águilas. Los que sean buenos olfateando deben ir delante con nosotros, los leones, para husmear el lugar de la batalla. ¡Daos prisa y dividíos!

Así lo hicieron, entre un gran bullicio y aclamaciones. El más satisfecho del grupo fue el otro león, que no dejaba de correr de un lado a otro fingiendo estar muy ocupado pero haciéndolo en realidad para decir a todo el que se encontraba:

—¿Has oído lo que ha dicho? «Nosotros los leones.» Eso significa él y yo. «Nosotros los leones.» Eso es lo que me gusta de Aslan. No se da tono, no se siente superior. «Nosotros los leones.» Eso significaba él y yo.

Estuvo repitiendo lo mismo hasta que Aslan cargó en su grupa a tres enanos, una dríada, dos conejos y un erizo. Eso consiguió apaciguarlo un poco.

Cuando todos estuvieron listos, y fue un enorme perro pastor quien realmente más ayudó a Aslan a conseguir que todos estuvieran dispuestos en el orden correcto, se pusieron en camino a través de la brecha abierta en el muro del castillo.

Al principio los leones y los perros se dedicaron a olfatear en todas direcciones; pero luego, de improviso, un gran sabueso encontró la pista y lanzó un ladrido. No se perdió ni un minuto a partir de entonces. En seguida todos los perros, leones, lobos y otros animales de presa estuvieron corriendo a toda velocidad con los hocicos pegados al suelo, mientras todos los demás, repartidos a lo largo de aproximadamente un kilómetro por detrás de ellos, los seguían tan de prisa como podían. El ruido que producían recordaba el de la caza del zorro inglesa, sólo que mejor, porque de vez en cuando con el cántico de los sabuesos se mezclaba el rugido del otro león y en ocasiones el rugir mucho más profundo y terrible del mismo Aslan. Corrieron cada vez más rápido a medida que el rastro resultaba más fácil de seguir, y luego, justo cuando llegaban a la última curva de un estrecho y sinuoso valle, Lucy oyó por encima de todos aquellos ruidos otro ruido; un ruido distinto que le produjo una curiosa sensación en su interior. Era un sonido de gritos y alaridos y del entrechocar de metal contra metal.

Salieron entonces del estrecho valle y en seguida vio el motivo del ruido. Allí estaban Peter, Edmund y el resto del ejército de Aslan combatiendo desesperadamente con la multitud de criaturas horribles que la niña había visto la noche anterior; sólo que en aquel momento, a la luz del día, parecían aún más inusitadas, más diabólicas y más deformes. También daban la impresión de ser muchos más. El ejército de Peter —que se encontraba de espaldas a ella— parecía tremendamente pequeño. Además, había estatuas desperdigadas por todo el campo de batalla, de modo que por lo visto la bruja había estado utilizando su varita. No la usaba en aquellos momentos, pues peleaba con su cuchillo de piedra. Era contra Pe-

ter contra quien lo hacía —los dos estaban enzarzados en una pelea tan enconada que Lucy apenas conseguía distinguir lo que sucedía—, pero la niña sólo veía el cuchillo de piedra y la espada de su hermano moviéndose a tal velocidad que parecía como si fueran tres cuchillos y tres espadas. Ellos dos se encontraba en la parte central, y a su alrededor se extendía la hilera de combatientes. Sucedían cosas horribles dondequiera que ella mirara.

—Fuera de mi lomo, niñas —gritó Aslan, y las dos saltaron al suelo.

Entonces, con un rugido que sacudió toda Narnia desde el farol situado al oeste hasta las costas del mar oriental, el enorme animal se arrojó sobre la Bruja Blanca. Lucy vio como el rostro de la mujer se alzaba hacia él durante un segundo

con una expresión de terror y asombro. A continuación el león y la bruja rodaron por el suelo pero ella estaba debajo; y al mismo tiempo todas las criaturas guerreras que Aslan había conducido allí desde la casa de la bruja se arrojaron violentamente sobre las filas enemigas, los enanos con sus hachas como armas, los perros con los colmillos, el gigante con el garrote —aunque sus pies también aplastaron a docenas de adversarios—, los unicornios con los cuernos, los centauros con espadas y pezuñas. El agotado ejército de Peter los recibió con aclamaciones, y los recién llegados rugieron, mientras el enemigo chillaba y farfullaba hasta que el bosque volvió a resonar con el estrépito de aquella arremetida.

CAPÍTULO 17

La cacería del Ciervo Blanco

La batalla finalizó unos pocos minutos después de su llegada. La mayor parte de los enemigos cayeron durante la primera carga de Aslan y sus compañeros; y cuando los que seguían con vida vieron que la bruja estaba muerta, o bien se rindieron o salieron huyendo. Lo siguiente que supo Lucy fue que Peter y Aslan se estrechaban la mano, y le sorprendió ver el aspecto que tenía su hermano en aquellos momentos: su rostro estaba muy pálido y serio y parecía mucho mayor.

—Ha sido todo gracias a Edmund, Aslan —decía Peter—. Nos habrían derrotado de no haber sido por él. La bruja convertía a nuestras tropas en piedra a derecha e izquierda. Sin embargo, nada pudo detenerlo. Se abrió paso por entre tres ogros hasta donde estaba ella convirtiendo a uno de tus leopardos en una estatua. Y cuando llegó allí tuvo el buen sentido de dejar caer la espada con todas sus fuerzas sobre su varita en lugar de intentar ir directamente por ella y verse convertido en estatua después de tantos esfuerzos. Ése era el error que todos los demás cometían. En cuanto se rompió su varita empezamos a tener alguna posibilidad..., aunque habíamos perdido ya a muchos. Resultó muy malherido. Debemos ir a verlo.

Encontraron a Edmund al cuidado de la señora Castor en un punto situado algo más allá de la línea de combate. Estaba cubierto de sangre, tenía la boca abierta y el rostro de un feo color verdoso.

—De prisa, Lucy —indicó Aslan.

Y entonces, casi por primera vez, Lucy recordó el precioso licor que le había dado Papá Noel como regalo de Navidad. Las manos le temblaban tanto que apenas era capaz de quitar el tapón, pero acabó por conseguirlo y vertió unas cuantas gotas en la boca de su hermano.

—Hay otras criaturas heridas —dijo Aslan mientras ella seguía contemplando con ansiedad el pálido rostro de Edmund y se preguntaba si la bebida produciría algún efecto.

—Sí, lo sé —respondió ella, malhumorada—. Espera un minuto.

—Hija de Eva —replicó el león con voz más

solemne—, también hay otros al borde de la muerte. ¿Tiene que morir más gente por Edmund?

—Lo siento, Aslan —repuso ella, levantándose y acompañándolo.

Durante la siguiente media hora estuvieron los dos muy ocupados; ella atendiendo a los heridos mientras él desencantaba a los que habían sido convertidos en piedra. Cuando por fin fue libre de regresar junto a Edmund, Lucy lo encontró de pie, y no tan sólo curado de sus heridas sino con mucho mejor aspecto del que le había visto desde hacía una eternidad; de hecho, desde el primer trimestre pasado en aquella horrible escuela que era donde había empezado a comportarse mal. Volvía a ser el de antes y podía mirarlo a los ojos. Y allí en el campo de batalla Aslan lo nombró caballero.

—¿Tú crees que sabe lo que Aslan hizo por él? —musitó Lucy a Susan—. ¿Sabe cuál fue realmente el acuerdo al que se llegó con la bruja?

—¡Chist! No, claro que no —respondió ésta.

—¿No debería saberlo? —inquirió Lucy.

—Desde luego que no. Sería demasiado espantoso para él. Piensa en cómo te sentirías si estuvieras en su lugar.

—De todos modos, creo que debería saberlo —insistió Lucy; pero en aquel momento las interrumpieron.

Pasaron la noche allí mismo. ¿Cómo se las arregló Aslan para proporcionarles comida a todos? No lo sé; pero de un modo u otro, alrededor de las ocho de la tarde todos estaban sentados en la hierba ante una deliciosa merienda. Al día siguiente iniciaron la marcha hacia el este, avanzando a lo

largo del curso del gran río. Y el día que siguió a aquél, alrededor de la hora del té, finalmente llegaron a la desembocadura. El castillo de Cair Paravel, en lo alto de su pequeña colina, se elevaba sobre sus cabezas; frente a ellos estaba la playa, con rocas y pequeños charcos de agua salada, y algas marinas, y el olor a mar e interminables kilómetros de olas de un verde azulado que se estrellaban sin cesar contra la arena. ¡Y, además, se oían también los gritos de las gaviotas! ¿Los has oído alguna vez? ¿Eres capaz de recordarlos?

Aquella tarde, después de merendar, los cuatro niños se las arreglaron para volver a bajar a la playa, quitarse zapatos y calcetines y sentir el contacto de la arena entre los dedos de los pies. Sin embargo, el día siguiente resultó más solemne para ellos, pues aquel día, en el Gran Salón de Cair Paravel —aquella sala maravillosa de techo de marfil, la pared oeste recubierta de plumas de pavo real y la puerta oriental mirando al mar—, en presencia de todos sus amigos y acompañados por el sonido de las trompetas, Aslan los coronó solemnemente, y los condujo luego hasta los cuatro tronos entre ensordecedores gritos de:

—¡Larga vida al rey Peter! ¡Larga vida a la reina Susan! ¡Larga vida al rey Edmund! ¡Larga vida a la reina Lucy!

—Una vez nombrado rey o reina en Narnia, eres rey o reina para siempre. ¡Sed dignos de ese título, Hijos de Adán! ¡Sed dignas de ese título, Hijas de Eva! —proclamó Aslan.

Y a través de la puerta oriental, que estaba abierta de par en par, llegaron las voces de los tritones y de las sirenas, que nadaban cerca de la orilla y cantaban en honor de sus nuevos reyes y reinas.

Así pues, los niños se sentaron en sus tronos, y les colocaron cetros en las manos y ellos entregaron recompensas y honores a todos sus amigos, a Tumnus el fauno, al señor y la señora Castor, y al gigante Torpón, a los leopardos, a los centauros buenos, a los enanos buenos y al león. Aquella noche se celebró un gran banquete en Cair Paravel, y hubo diversión y baile, y centelleó el oro y fluyó el vino, y en respuesta a la música que sonaba dentro, pero más extraña, dulce y penetrante, llegaba la música que provenía de los habitantes del mar.

En medio de todo aquel regocijo Aslan se escabulló en silencio, y cuando los reyes y reinas de Narnia advirtieron que no estaba allí, no dijeron nada al respecto. El señor Castor ya se lo había advertido.

—Se dedicará a ir y venir —había dicho—. Un día lo veréis y al siguiente ya no. No le gusta verse atado..., y, claro está, tiene otros mundos de los que ocuparse. Es perfectamente normal. Pasará por aquí a menudo. Lo único que debéis hacer es no presionarlo. Es un animal salvaje, ya lo sabéis. No es como un león domesticado.

Y ahora, como puedes ver, este relato toca casi su fin, aunque no del todo. Aquellos dos reyes y dos reinas gobernaron Narnia como debían, y largo y feliz fue su reinado. Al principio gran parte de su esfuerzo lo dedicaron a buscar los restos del ejército de la Bruja Blanca y a destruirlos, y lo cierto fue que durante mucho tiempo llegaron noticias de criaturas malvadas que acechaban en las partes más recónditas del bosque; una aparición aquí y una muerte allí, un hombre lobo que había sido vislumbrado un día y el rumor de la presencia de una vieja bruja al siguiente. No obstante, al final se consiguió acabar con toda aquella horrible chusma. Dictaron leyes justas, mantuvieron la paz, evitaron que árboles buenos fueran cortados sin necesidad, libraron a jóvenes enanos y sátiros de ser enviados a la escuela, y por lo general impidieron la actuación de entrometidos y curiosos, y animaron a la gente corriente que deseaba vivir y dejar vivir. También repelieron a los gigantes feroces —una clase muy distinta de la del gigante Torpón— en el norte de Narnia cuando éstos se aventuraron a cruzar la frontera. Asimismo trabaron amistad y alianzas con países situados al otro lado del mar y les hicieron visitas oficiales, y también recibieron visitas oficiales de sus gobernantes. Ellos mismos crecieron y cambiaron con el paso de los años. Peter se convirtió en un hombre alto de anchos hombros, y en un gran guerrero, y recibió el nombre del rey Peter *el Magnífico*. Susan se transformó en una mujer alta y gentil con una melena negra que le llegaba casi hasta los pies y los monarcas de los países situados al otro lado del mar empezaron a enviar embajadores para pedir su mano en matrimonio; y todos la llamaban la reina Susan *la Benévola*. Edmund fue una persona más solemne y reservada que Peter, y muy admirado por sus decisiones y juicios. Se lo conocía como el rey Edmund *el Justo*. En cuanto a Lucy, ésta destacó siempre por su alegría y sus dorados cabellos, y todos los príncipes de aquellas regiones deseaban que fuera su reina, y sus propios súbditos la llamaban la reina Lucy *la Valiente*.

De ese modo vivieron muy felices y si alguna vez recordaban su vida en nuestro mundo era únicamente como cuando uno recuerda un sueño. Y un año sucedió que Tumnus —que era ya un fauno de mediana edad y empezaba a volverse corpulento— viajó río abajo y les llevó la noticia de que había vuelto a aparecer el Ciervo Blanco en su región; el Ciervo Blanco que te concedía tus deseos si lo atrapabas. Así pues, aquellos dos reyes y dos reinas partieron de cacería con trompas y sabuesos por los bosques occidentales para seguir al Ciervo Blanco. No llevaban mucho rato cazando cuando lo divisaron, y éste los llevó a

gran velocidad por toda clase de terrenos, corriendo sin descanso hasta que los caballos de los
cortesanos quedaron agotados y sólo ellos cuatro
pudieron seguir adelante. Y entonces vieron al Ciervo meterse en la espesura, allí donde sus caballos
no podían seguirlo. En ese momento el rey Peter
dijo (y tened en cuenta que entonces ellos ya hablaban de un modo muy distinto, después de haber
sido reyes y reinas durante tanto tiempo):

—Apreciados hermanos, descabalguemos ahora de nuestras monturas y sigamos a este animal
al interior de la espesura; pues en toda mi vida
jamás perseguí una presa más noble.

—Señor —respondieron los otros—, hágase como dices.

De modo que desmontaron, ataron los caballos a
unos árboles y penetraron en la espesa floresta a
pie. Y en cuanto entraron, la reina Susan comentó:

—Queridos compañeros, he aquí una gran maravilla, pues me parece ver un árbol de hierro.

—Señora —indicó el rey Edmund—, si miráis con
atención su parte superior, veréis que se trata de un
poste de hierro con un farol colocado en lo alto.

—¡Por la Melena del León!, una curiosa estratagema —repuso el rey Peter— esta de colocar un
farol aquí donde los árboles se apiñan de tal modo a su alrededor y tan por encima de él que si

estuviera encendido no podría dar luz a ningún hombre.

—Señor —respondió Lucy—, existe la posibilidad de que cuando colocaron este poste y este farol aquí, los árboles fueran más pequeños en este lugar, o más escasos, o tal vez no había ninguno. Se trata de un bosque muy joven y el poste de hierro es viejo.

Todos se quedaron contemplándolo, y al cabo dijo el rey Edmund:

—No sé cómo puede ser, pero este farol colocado sobre el poste afecta a mi persona de un modo extraño. Se me ocurre que ya he visto algo parecido antes; como si fuera en un sueño, o el sueño de un sueño.

—Señor —respondieron todos—, a nosotros nos sucede lo mismo.

—Y aún hay más —añadió la reina Lucy—, pues no puedo quitarme de la cabeza la idea de que si dejamos atrás este poste con su farol, o bien correremos extrañas aventuras o se producirá algún gran cambio en nuestros destinos.

—Señora —dijo el rey Edmund—, el mismo presentimiento se agita en mi corazón.

—Y en el mío, querido hermano —intervino el rey Peter.

—Y en el mío también —apuntó la reina Susan—. Por lo tanto, es mi consejo que regresemos con paso ligero hasta nuestros caballos y dejemos de perseguir a ese Ciervo Blanco.

—Señora —respondió el rey Peter—, en eso os ruego que me excuséis. Pues jamás desde que los cuatro somos reyes y reinas de Narnia hemos emprendido cualquier asunto de importancia, como batallas, búsquedas, combates, impartir justicia y otras cosas parecidas, para luego desistir; sino que siempre hemos llevado a término todo aquello que hemos acometido.

—Hermana —dijo la reina Lucy—, mi real hermano habla con razón, y me parece que deberíamos avergonzarnos si por cualquier temor o presentimiento rehusáramos seguir a una bestia tan noble como esa a la que pretendemos dar caza en estos momentos.

—Eso mismo digo yo —convino el rey Edmund—. Y siento tal deseo de descubrir el significado de esta cosa que no volvería atrás de buen grado ni por la joya más valiosa de toda Narnia y de todas las islas.

—En ese caso, en el nombre de Aslan —declaró la reina Susan—, si todos lo deseáis así, sigamos adelante y aceptemos la aventura que se cruce en nuestro camino.

Así pues, aquellos reyes y reinas penetraron en la espesura y antes de haber dado una veintena de pasos todos recordaron que el objeto que habían visto recibía el nombre de farol, y antes de dar otros veinte más advirtieron que se abrían camino no a través de ramas sino a través de abrigos. Y al cabo de un instante salían en tropel por la puerta de un armario al interior de una habitación vacía, y ya no eran reyes y reinas ataviados con su atuendo de caza, sino simplemente Peter, Susan, Edmund y Lucy vestidos con sus antiguas ropas. Era el mismo día y la misma hora que cuando habían entrado en el armario para esconderse. La señora Macready y los visitantes seguían hablando en el pasillo, pero por suerte no llegaron a entrar en la habitación vacía y no encontraron allí a los niños.

Aquello habría sido el final de la historia de no

haber sido porque sintieron que realmente debían explicar al profesor el motivo de que faltaran cuatro de los abrigos del armario. Y el profesor, que era un hombre extraordinario, no les dijo que eran tontos ni que estuvieran mintiendo, sino que creyó toda la historia.

—No —dijo—, no creo que sirva de nada intentar regresar por la puerta del armario para recuperar los abrigos. No podréis entrar de nuevo en Narnia por «esa» vía. ¡Ni tampoco servirían de gran cosa los abrigos a estas alturas si los recuperaseis! ¿Cómo? ¿Qué habéis dicho? Sí, claro que regresaréis de nuevo a Narnia algún día. Quien ha sido rey en Narnia, siempre será rey allí. Pero no intentéis usar la misma ruta dos veces. En realidad, no intentéis ir allí por ningún medio. Sucederá cuando menos lo esperéis. Y no habléis demasiado sobre ello, ni siquiera entre vosotros. Y no se lo mencionéis a nadie más, a no ser que descubráis que han corrido aventuras de la misma clase también ellos. ¿Cómo dices? ¿Que cómo lo sabréis? Ya lo creo que lo sabréis. Cosas curiosas que digan, e incluso la expresión de sus rostros, os revelarán el secreto. Mantened los ojos bien abiertos. ¡Válgame Dios! ¿Qué os enseñan en la escuela?

Y ése fue el final definitivo de la aventura del armario. No obstante, si el profesor estaba en lo cierto, aquello había sido tan sólo el principio de las aventuras en Narnia.

El caballo y el muchacho

Resulta toda una sorpresa para Shasta descubrir que no es el hijo de Arsheesh el pescador; pero cuando además Bree, el caballo parlante, lo saca del cruel país de Calormen en busca del seguro y feliz país de Narnia donde gobierna el gran rey Peter, Shasta se encuentra metido hasta las cejas en tales misterios y aventuras como jamás pudo imaginar ni en sus sueños más extravagantes.

El viaje que realizan está plagado de temores y peligros, intrigas y aventuras, mientras atraviesan disfrazados la ciudad de Tashbaan, dejan atrás las espectrales tumbas, y luego siguen adelante bajo el abrasador calor del día y la plateada luz de la noche por el árido desierto hasta las elevadas montañas de Archenland. Incluso cuando por fin divisan Narnia, Shasta comprende que no tiene más remedio que vencer su miedo. «Si huyes de esto —se dice a sí mismo—, huirás de todas las batallas que tengas que librar durante toda tu vida. Es ahora o nunca.»

Ésta es la tercera aventura de las excitantes
Las crónicas de Narnia

Títulos publicados en

El sobrino del mago
El león, la bruja y el armario
El caballo y el muchacho
El príncipe Caspian
La travesía del *Viajero del Alba*
La silla de plata
La última batalla